UNERWARTETES WEIHNACHTSGLÜCK

CHRONIKEN DER EHESTIFTUNG
BUCH EINS

DARCY BURKE

Übersetzt von
PETRA GORSCHBOTH

UNERWARTETES
WEIHNACHTSGLÜCK

Es war Abneigung auf den ersten Blick, als Cecilia Bromwell, den Earl of Cosford, John Rowley, vor fünf Jahren auf einer Hausparty kennenlernte, wo er durch seinen unbedachten Scherz und sein aufbrausendes Temperament nicht nur eines, sondern gleich zwei ihrer neuen Kleider ruinierte. Nun erfährt Cecilia auf einer Weihnachtsfeier, dass ihre Eltern sie verheiraten wollen. Sie hat jedoch keine Lust, mit dieser »Nervensäge« überhaupt nur zu reden. Insbesondere nicht, nachdem er ihr Wein auf das Mieder geschüttet und damit ein weiteres Kleid ruiniert hat.

John steht keineswegs der Sinn danach, sich mit dieser »Zimtziege« für die Suche nach dem Weihnachtsscheit zu einem Paar vereinen zu lassen. Wenn sie ihre gegenseitige Gesellschaft allerdings für kurze Zeit ertragen, wären sie in der Lage, ihre Eltern davon überzeugen, dass sie nicht zusammenpassen. Als sie von allen anderen getrennt werden und ein Schneesturm sie zwingt, gemeinsam in einer Hütte Schutz zu suchen, ist es vielleicht nicht mehr von Belang, was sie eigentlich wollten.

Die Hochzeit steht fast bevor. Können diese beiden Feinde bis zum Morgen ein Liebespaar werden?

KAPITEL 1

Dezember 1786

Cecilia Bromwell hatte Broadheath schon mehrere Male besucht, allerdings nur bei einer einzigen Gelegenheit in Anwesenheit eines gewissen Gentleman. Nicht, dass er vor fünf Jahren ein Gentleman gewesen war – damals war er ein widerlicher, arroganter, unhöflicher Schuft gewesen. Sie ging davon aus, dass er noch genau derselbe sein würde.

»Bist du sicher, dass er hier sein wird?«, fragte sie Dinah Gladwin, die Baronin Spetchley. Dinah war mittelgroß, mit kastanienbraunem Haar und moosgrünen Augen und war eine Frau im gleichen Alter wie Cecilia.

Dinah war eine langjährige Freundin. Tatsächlich war sie fünf Jahre zuvor auf jener Hausparty im Sommer dabei gewesen, auf der John Rowley, der Earl of Cosford, sich so schrecklich aufgeführt hatte. Schrecklich genug, um damals von ihr als »die Nervensäge« bezeichnet zu werden, und nun konnte sie nur noch in diesem Terminus an ihn denken.

»Ja, ich bin mir sicher«, entgegnete Dinah, die ein wenig außer Atem war. »Ich habe die Nervensäge vorhin *gesehen*.«

»Verdammt!« Cecilia ließ sich in einen Sessel in ihrem Schlafzimmer fallen, wo Dinah sie aufgesucht hatte. »Warum haben meine Eltern mich nicht davon in Kenntnis gesetzt?« Ihre Mutter würde sich sicherlich daran erinnern, wie grausam die Nervensäge sie behandelt hatte.

»Vielleicht wussten sie es nicht?«

»Es würde mich überraschen, wenn meine Mutter nicht die gesamte Gästeliste auswendig kennen würde. Sie macht es sich zur Aufgabe, stets zu wissen, wer wo sein wird, und das insbesondere bei einer Party wie dieser.« Wie könnte sie sonst die Ehestifterin spielen, wie die Frauen in ihrer Familie dies bereits seit Jahrhunderten taten?

Dinah schürzte die Lippen. »Sie wusste unzweifelhaft davon. Und sie hat dir kein Wort gesagt. Was soll das heißen?«

»Das weiß ich nicht, aber ich habe ein schrecklich ungutes Gefühl dabei.«

Keuchend ließ sich Dinah auf den anderen Stuhl sinken. »Du glaubst doch nicht, dass sie euch beide … zusammen-bringen will?«

»Das will ich doch wirklich nicht hoffen.« Allerdings waren Mutter und Vater nach der letzten Saison enttäuscht gewesen, da sie nicht geheiratet hatte. Mit zwanzig war sie mehr als alt genug. Sie musste bedenken, dass es in der Absicht ihrer Mutter lag, sie noch vor Ende der Hausparty verlobt zu sehen. Aber mit der *Nervensäge*? »Wen hast du hier noch gesehen?«

»Nur Sophia und Priest.« Damit bezog sie sich auf ihre Freundin Sophia, die vor fünf Jahren ebenfalls auf dieser

Party gewesen war, und ihrem frisch angetrauten Ehemann, Michael Priestly.

»Noch ein verheiratetes Ehepaar wie Spetch und du«, bemerkte Cecilia. »Wenn es hier keine anderen jungen Unverheirateten gibt, bin ich *verloren*.«

»Sie können dich nicht zwingen, ihn zu heiraten«, betonte Dinah mit feurigem Trotz und funkelnden Augen.

Cecilia verschränkte die Arme vor der Brust und runzelte die Stirn. »Sie werden sich sehr, sehr viel Mühe geben. Lieber würde ich eine Schlange ehelichen.«

»Oh!« Dinah lachte. »Eine Schlange. Natürlich.«

Denn die Nervensäge hatte eine Schlange in das Boot gesetzt, in dem Cecilia und Dinah vor fünf Jahren auf den See hinausgerudert waren. Dinah hatte vor Angst geschrien, als sie aufgesprungen war. Ihre heftigen Bewegungen hatten das Boot zum Kentern gebracht, und sie mussten gerettet werden. »Ich kann nicht glauben, dass Spetch immer noch mit ihm befreundet ist, nachdem er dich geheiratet hat.« Cecilia schnalzte mit der Zunge.

»Spetch hielt das Ganze für einen amüsanten Streich, bis wir ins Wasser fielen. Aber er hegte keinen Groll gegen Cosford. Du kannst nicht erwarten, dass er – oder ich – ihm für etwas böse ist, das inzwischen fünf Jahre zurückliegt.« Schnell fügte Dinah noch hinzu: »Aber ich verstehe sehr gut, warum du so eine schlechte Meinung von ihm hast.«

»Nein, das erwarte ich weder von dir noch von Spetch«, sagte Cecilia seufzend und ließ die Hände an den Seiten sinken.

Dinah stand auf. »Komm, lass uns nach unten gehen. Bist du denn gar nicht neugierig, Cosford nach all der Zeit zu sehen?«

Cecilia sah zu ihr auf. »Nein.« Sie strich über ihren Rock. »Geh du voran.«

»Einverstanden.« Dinah zauderte. »Lass dir von ihm

nicht den Spaß verderben. Es wird eine wundervolle Party werden. Du wirst sehen.«

Nur wenn es Cecilia gelänge, sich von ihrem Erzfeind fernzuhalten.

Als Dinah ging, kam Cecilias Mutter ins Zimmer. Wie immer war ihr blondes Haar makellos frisiert, und sie trug ein hochmodernes blaues Samtkleid mit goldenen Schleifen am Mieder. Perlen schmückten ihren Hals und hingen an ihren Ohren. Sie sagte ein paar Worte zu Dinah, bevor sie die Tür schloss und auf Cecilia zuging. »Willst du nicht mit Dinah nach unten gehen?«

»Noch nicht.« Cecilia stand auf. Sie wollte sich wirklich beherrschen, aber sie wusste, dass ihre Mutter etwas im Schilde führte. »Mit wem gedenkst du, mich auf dieser Party zu verkuppeln?«

Der Mund ihrer Mutter verzog sich zu einem knappen, aber kurzen Lächeln. »Sollen wir uns setzen?«

»Nein.« Erneut verschränkte Cecilia die Arme. »Hoffentlich ist es nicht die Nerv– Cosford.«

Überraschung flackerte in den Augen ihrer Mutter auf. »Warum nicht?«

»Du weißt, wie sehr ich ihn verabscheue, weil er so furchtbar ist.«

»Nein, mir war nicht klar, dass du ihn verabscheust. Er ist nicht furchtbar. Er ist ein Earl und Erbe eines Herzogtums.«

»Seine Titel machen ihn nicht sympathischer. Er ist eine Nervensäge.« Cecilia ließ die Arme sinken und ballte die Hände an den Seiten zu Fäusten. »Wie kannst du nicht wissen, wie sehr ich ihn verabscheue? Hast du vergessen, was er mir vor fünf Jahren auf diesem Anwesen angetan hat?«

Die Baronin runzelte die Stirn und blickte über Cecilia hinweg, als ob sie in die Vergangenheit sehen könnte. »Ich nehme an, das habe ich. Was hat er getan?«

Cecilia stöhnte. »Er hat diese Schlange in mein Boot

gesetzt, und wir sind gekentert. Er hat mein neues grün-rosa Kleid ruiniert. Du warst wütend.«

»Daran erinnere ich mich vage«, murmelte ihre Mutter.

»Und dann schüttete er mir Limonade über den Kopf und ruinierte mein neues buttergelbes Kleid – das mit den gestickten Blumen.«

»Oh! Das *hat* mich wütend gemacht«, sagte die Baronin mit einem leichten Schmollmund. Sie schüttelte den Kopf und richtete ihren Blick auf Cecilia. »Nun, das liegt fünf Jahre zurück, und wir sollten hoffen, dass er sein Verhalten inzwischen gebessert hat.«

Hoffen? »Oder du findest jemand anderen, der zu mir passt«, entgegnete Cecilia mit einem Übermaß an Süße, sodass ihre Mutter sie mit einem scharfen Blick ansah.

»Du wolltest keinen der anderen, die ich dir vorge-schlagen habe.«

»Weil ich keinen von ihnen lieben konnte. Du weißt, wie ich über das Verlieben denke. Es ist unerlässlich. Cosford könnte ich unmöglich lieben.« Cecilia schauderte bei dem Gedanken. Er war äußerst unangenehm.

Ihre Mutter stieß die Luft aus und klang genervt. Sie ergriff Cecilias Hand. »Ich weiß, dass dir die Liebe wichtig ist, und das habe ich auch deinem Vater erklärt. Er ist über diesen Aspekt … weniger besorgt. Wenn du Cosford aber wirklich unerträglich findest, werde ich einen anderen finden. Aber du musst ihm wenigstens eine Chance gewähren.«

»Cosford weiß von dieser potenziellen Verbindung?« Allein beim Gedanken an diese Worte drehte sich Cecilia schon der Magen um: *potenzielle Verbindung*, und es widerte sie auch an, ihn beim Namen zu nennen. Sie bevorzugte den Namen, den er verdiente: die Nervensäge.

»Das glaube ich nicht. Versprich mir, dass du dein Urteil

erst fällst, wenn du einige Zeit mit ihm verbracht hast – und du musst gerecht sein.«

Um festzustellen, ob ein Gentleman und sie harmonieren würden, brauchte Cecilia nicht lange. Bislang hatte sich nur einer beim ersten Treffen behaupten können, und nach einer Handvoll weiteren Begegnungen war sie zu dem Schluss gekommen, dass niemals Leidenschaft zwischen ihnen aufkommen würde.

»Ich werde es *versuchen*.« Cecilia dachte überhaupt nicht daran. Sie würde die Nervensäge ein oder zwei Tage lang tolerieren und ihrer Mutter dann mitteilen, dass seine Unerträglichkeit nicht weniger geworden war. Sie stellte sich sogar vor, sie könnte in den vergangenen fünf Jahren noch schlimmer geworden sein. Vielleicht müsste sie sogar seinen Namen in »die unerträgliche Nervensäge« abwandeln.

»Nur darum bitte ich dich«, meinte ihre Mutter und klang ein wenig erschöpft. »Jetzt lass uns nach unten gehen. Wie ich sehe, hast du dich seit unserer Ankunft umgezogen. Du siehst frisch und hübsch aus.«

Umso besser, um einen Ehemann zu ködern.

Cecilia biss die Zähne zusammen und folgte ihrer Mutter zur Tür.

Mit der Hand auf der Klinke blieb ihre Mutter noch einmal stehen und drehte den Kopf, um Cecilia erneut anzuschauen. »Ich habe zu erwähnen versäumt, dass morgen die Suche nach dem Julescheit stattfinden wird. Du wirst mit Cosford gepaart.«

Cecilia war froh, dass auch sie haltgemacht hatte, denn sonst wäre sie wahrscheinlich gestolpert. »Warum musste ich mit ihm gepaart werden? Warum muss ich überhaupt mit jemandem verkuppelt werden?«

»Weil Mrs. Beverley das so arrangiert hat. Und du wirst deswegen kein Aufheben machen«, setze ihre Mutter streng hinzu. »Mrs. Beverley soll dich nicht für unhöflich halten. Das möchte ich nicht.«

»Natürlich nicht.« Das war sowieso unmöglich, da die Nervensäge im Besitz aller denkbaren Unhöflichkeiten auf Erden war. »Werden wir von einer Anstandsdame begleitet?«, fragte Cecilia.

»Ja, eine deiner Freundinnen wird die Anstandsdame sein, da sie alle verheiratet sind.« Es war kein eindeutiger Seitenhieb, sondern eine subtile Andeutung, die besagte, dass Cecilia auch verheiratet sein sollte.

»Trotzdem werden wir in einem Wald umherlaufen. Es scheint, als könnten sich Möglichkeiten ergeben, kompromittiert zu werden.« Cecilia runzelte die Stirn. »Willst du erreichen, dass wir gezwungen werden, zu heiraten?«

Die Baronin atmete aus. »Nein. Ich würde dich niemals zwingen. Und jetzt hör auf, einen Ausweg zu suchen. Du wirst dich morgen mit ihm zusammentun, und damit basta.«

Gut, dann würde sie ihm die Stimmung vermiesen.

Cecilia unterdrückte ein Lächeln. Ihm Kummer zu bereiten, wäre eine unglaubliche Abwechslung. Das würde zudem auch sicherstellen, dass keine Ehe zwischen ihnen zustande kommen würde. Sie würde ihn daran erinnern, wie sehr sie einander verabscheuten – als ob er das vergessen könnte. Wahrscheinlich wollte er ebenso wenig mit ihr zusammen sein wie umgekehrt.

Dennoch könnte sie die Gelegenheit nutzen, ihn zumindest ein wenig zu ärgern.

Sie folgte ihrer Mutter die Treppe hinunter ins Erdgeschoss und in die große Versammlungshalle. Die hohen Fenster boten einen Blick auf den Innenhof im Zentrum des Hauses. Cecilias Schlafzimmer hatte einen Blick auf denselben Bereich.

Kaum war sie eingetreten, kamen drei junge Ladys auf sie zu. Eine davon war Dinah, die anderen waren Eleanor Mainwaring und Sophia Priestly. Sie begrüßten Cecilia herzlich, und sie stellte fest, dass sie die einzige unverheiratete junge Dame dort war. Moment, war das wahr? Sie sah sich im Raum um und entdeckte keine anderen unverheirateten Frauen. Mrs. Beverleys verwitwete Mutter zählte natürlich nicht.

Das bedeutete, dass Cosford die einzige Verbindung war, die Cecilia auf dieser Hausparty eingehen konnte. Wenn er nicht bereits Kenntnis über die Vorsätzlichkeit dessen hatte, so würde er dies sicher sehr bald erkennen. Es sei denn, er erwies sich als ebenso hohlköpfig wie boshaft.

Cecilia zog sich mit ihren Freundinnen an den Außenbereich des Raumes zurück. »Ich verlasse mich darauf, dass ihr mich vor der Kuppelei meiner Mutter bewahrt. Sie besteht darauf, dass ich der Nervensäge eine Chance gebe, und ich weigere mich.«

»Wegen seiner Untaten dir gegenüber vor fünf Jahren«, bemerkte Sophia, eine junge Frau mit blassblondem Haar und blauen Augen, mit einem Nicken. »Das kann ich dir nicht verdenken. Er ist abscheulich.«

»Die Nervensäge ist eine Person?«, fragte Eleanor und zog vor lauter Verwirrung die Stirn kraus. Sie war eine große, dunkle Frau mit nahezu schwarzem Haar und ausdrucksstarken, tiefbraunen Augen.

»Oh, ja«, entgegnete Cecilia. »Er ist ein verwerflicher Kerl, der vor fünf Jahren meine Kleider – zwei um genau zu sein – bei einer Hausparty ruiniert hat.«

Eleanor rümpfte die Nase. »Er *klingt* wie eine Nervensäge.«

Sophia legte ihren Kopf schief. »Ein Jammer, denn er ist ungemein gutaussehend. Und wohlhabend.«

»Ganz zu schweigen davon, dass du eine Countess und eines Tages gar eine *Herzogin* sein würdest.« Dinah blickte sich im Raum um. »Dort ist er. Mit Spetch.«

Cecilia blickte zu Dinahs Ehemann, einem Mann mit hellbraunem Haar und einem schmalen Gesicht. Der Mann an seiner Seite – die Nervensäge – wirkte größer, als sie ihn in Erinnerung hatte ... muskulöser. Er trug einen eleganten grünen Frack aus Samt. Sein dunkelbraunes Haar war zu einem Zopf zurückgebunden. Er lachte über einen Kommentar von Spetch, und als seine Lippen sich teilten, kamen gleichmäßige weiße Zähne und ein äußerst irritierendes Grübchen zum Vorschein. An diese Einzelheit konnte sie sich beim besten Willen nicht erinnern, aber vielleicht lag das auch daran, dass sie ihn nur mit einem finsteren Blick oder einem spöttischen Grinsen in Erinnerung hatte.

Er drehte den Kopf, sodass sie sein Gesicht nun frontal sehen konnte. Verflucht, aber er *war* tatsächlich gutaussehend. Er besaß lange, dunkle Wimpern und Wangenknochen, die den Anschein erweckten, als seien sie von einem erfahrenen Bildhauer gemeißelt worden.

Sie wandte sich von ihm ab und holte tief Luft. Er konnte so attraktiv sein, wie der Winter kalt war, und vermögender als der König selbst. Das änderte nichts. Sie scherte sich auch nicht um seine Titel. »Ich habe kein Interesse daran, seine Gräfin zu werden«, sagte sie zu ihren Freundinnen. »Ich verlasse mich darauf, dass ihr mich vor seinen Machenschaften beschützt. Wer weiß schon, was er im Schilde führt?« Und morgen sollten sie beide gemeinsam in den Wald gehen? Cecilia würde auf der Hut sein.

»Wenn er einen Plan hat, werden wir früh genug dahinterkommen«, schwor Dinah. »Spetch wird mir alles erzählen.«

Cecilia nickte ihr zu. »Gut.« In der Zwischenzeit würde Cecilia ihren eigenen Plan aushecken – und zwar einen, der ihn für immer von ihr fernhalten würde.

KAPITEL 2

John Rowley, der Earl of Cosford, erkannte Miss Cecilia Bromwell in dem Moment, in dem sie den Raum betrat, obwohl die vergangen fünf Jahre sie stark verändert hatten. Der fünfzehnjährige Backfisch war zu einer wunderschönen jungen Frau herangereift. Blonde Locken fielen ihr über die linke Halsseite und lenkten seine Aufmerksamkeit auf die anmutige Kontur ihres Schlüsselbeins. Zarte Augenbrauen wölbten sich über den runden Augen, die in den Winkeln ein wenig schräg nach oben zeigten. Sie war sehr hell und ihre Haut eine Nuance blasser als das satte Elfenbein ihres Kleides. Ihre üppigen Lippen schürzten sich leicht, ehe sie mit ihren Freundinnen zum Außenbereich des Raumes schlenderte. Dann drehte sie ihm den Rücken zu.

Timothy Arbuckle, Baron Spetchley und Johns ältester Freund, stieß einen leisen Pfiff durch die Zähne. »Dass Cecilia Bromwell hier sein würde, wusste ich gar nicht. Wusstest du etwa Bescheid?«

»Ja.« Johns Eltern hatten ihn gestern Abend informiert.

»Und du bist trotzdem gekommen?« Spetch lachte.

»Ich hatte keine Wahl.« John sprach mit leiser Stimme. »Anscheinend haben mein Vater und ihr Vater ... verhandelt.«

Spetch riss die blauen Augen auf. »Über eine Heirat?«

John antwortete mit einem einzigen langsamen Nicken.

»Das kann unmöglich in deinem Sinne sein«, stellte Spetch fest.

»Nicht besonders. Sie ist eine Zimtziege.«

»Sie kam zu meiner Hochzeit, auf der du nicht warst.« Spetchs Tonfall war leicht anklagend.

»Ich kann nichts dafür, dass ich auf Reisen war.« Erst vor etwa sechs Wochen war John aus Italien zurückgekehrt. »Du hättest warten können.«

»Um deinetwillen?« Spetch schüttelte den Kopf. »Erzähle das meiner geliebten Frau. Jedenfalls war Miss Bromwell ganz charmant.«

John sah ihn finster an. »Sie hat nur so getan, da bin ich sicher. Bei der Hochzeit ihrer Freundin musste sie sich schließlich von ihrer besten Seite zeigen.«

»Oder vielleicht behält sie sich ihr schlimmstes Verhalten für dich vor.«

Ächzend trank John einen Schluck Madeira.

»Du wirst sie also heiraten?«, fragte Spetch.

»Nicht, wenn ich es verhindern kann. Aber mein Vater ist fest davon überzeugt, dass wir gut zusammenpassen. Sie wollen einen Ehevertrag unterzeichnen, ehe die Party vorüber ist, und wir werden im neuen Jahr heiraten.« Johns Schulter zuckte. »Ich hoffe, dass noch andere unverheiratete junge Ladys anwesend sind. Jede von ihnen wäre der Zimtziege vorzuziehen.«

»Nun, ich wünsche dir viel Glück, Cosford. Obwohl ich nicht bestätigen kann, außer Miss Bromwell noch andere junge Ladys gesehen zu haben, auf die diese Beschreibung passt.«

John unterdrückte ein Knurren und trank einen weiteren Schluck.

»Mach dir keine Sorgen«, beruhigte Spetch ihn. »Ich kann mir vorstellen, dass Miss Bromwell dich ebenso wenig heiraten will wie du sie. Eure Eltern werden die Unvereinbarkeit zwischen euch akzeptieren müssen.«

»Ja. Genau das.« John atmete ein wenig leichter. Selbstverständlich würde sie sich genauso dagegen wehren wie er.

Er blickte zu ihr hinüber. Sie stand mit dem Rücken zu ihm, doch er konnte ihr Lachen hören. Eine der anderen jungen Ladys warf ihm einen Blick zu. Unterhielten sie sich über ihn? Nein, diese Genugtuung würde die Zimtziege ihm nicht gönnen.

Michael Priestly trat zu ihnen, und sein goldfarbenes Haar schimmerte im Kerzenlicht. »Ich habe gerade erfahren, dass morgen eine Suche nach dem Weihnachtsscheit stattfinden wird. Wir sollen in Paare aufgeteilt werden und sehen, wer das größte finden kann.« Er grinste, bevor er an seinem Wein nippte.

Paare ... John warf noch einen Blick auf die Zimtziege. Würden sie zusammengebracht werden? Wenn wirklich keine anderen jungen unverheirateten Gäste anwesend waren, musste er davon ausgehen. Verdammt noch mal. Er sah Priest und Spetch eindringlich an. »Versprecht mir, dass ihr mich mit dieser Zimtziege nicht allein lasst.«

Priester blinzelte. »Welche Zimtziege?«

»Er weiß nichts von ihr«, meinte Spetch. Den Kopf in Priests Richtung gedreht sprach er weiter. »Miss Cecilia Bromwell – die Blondine dort drüben, die mit unseren Frauen und Mrs. Mainwaring spricht.«

Priest sah die Zimtziege an und blinzelte. »Warum ist sie eine Zimtziege?«

»Weil wir vor fünf Jahren in diesem Haus auf einer Hausparty waren und sie sich wie eine solche benommen hat«, entgegnete John gepresst. »Sie ruinierte meine Lieblingsreitstiefel, indem sie sie mit Marmelade füllte. Das hat mich daran gehindert, einen Ausritt zu machen, auf den ich mich sehr gefreut habe, mit Spetch und Main und den anderen jungen Gentlemen, die damals anwesend waren.«

Spetch grinste John an. »Er hat versäumt, den Teil zu erwähnen, in dem er eine Schlange in ein Boot setzte, was Miss Bromwell und meine Frau zum Kentern brachten. Wir mussten in den See springen und sie retten.«

John erinnerte sich an diesen furchtbaren Moment. »Mir war nicht klar, dass eines der Mädchen rudern würde. Ich hatte diese Schlange für dich und Main vorgesehen.« Aber sein Plan war nicht so aufgegangen, wie er es sich vorgestellt hatte, und die Zimtziege und ihre Freundin waren in das Boot geklettert. John hatte der Angelegenheit keine weitere Beachtung geschenkt, bis er die junge Lady, die jetzt Spetchs Frau war, schreien hörte. Dann hatte er entsetzt zugesehen, wie sie sich im Boot aufrichtete und damit sich und die Zimtziege in den See stürzte. Unverzüglich hatte er seine Stiefel – welche die Zimtziege am nächsten Tag ruiniert hatte – und seinen Frack ausgezogen und war ins Wasser gesprungen. Spetch hatte dasselbe getan.

Während sich Spetchs Opfer als schwer zu retten erwies, da sie vor Panik um sich schlug, hatte John die Zimtziege leicht zu fassen bekommen.

»Das mit der Schlange tut mir leid«, sagte er.

Ihre Augen, ein schönes Kirschbraun, verengten sich und wie ein Raubtier, das seine Beute erspäht, nahm sie ihn ins Visier. »Das waren Sie?«

»Ähm, ja. Es sollte ein Scherz für meine Gefährten sein.«

»Oh, das war bestimmt urkomisch.« Ihr Sarkasmus tropfte über ihn wie das Wasser aus dem See.

»Es tut mir furchtbar leid, dass Sie hineingefallen sind.«

»Sie haben mein Kleid ruiniert. Und ich kann in diesem verflixten Ding nicht einmal zum Ufer schwimmen.«

»Sie können schwimmen?« Das fand er schockierend.

»Natürlich kann ich das.« Sie sprach hochmütig und wütend, ihre Augen glühten vor Wut. Trotz allem war sie sehr hübsch.

Langsam schwamm er mit ihr zum Ufer. »Ich würde Sie sehr gerne schwimmen sehen.«

»Warum? Glauben Sie mir etwa nicht?«, spottete sie. »Soll ich mich dem Risiko aussetzen, dass Sie mir noch mal eine Schlange ins Boot setzen? Ein zweites Mal falle ich nicht darauf herein. Oder vielleicht stoßen Sie mich beim nächsten Mal einfach ins Wasser. Wenn Sie glauben, dass ich für den Rest dieser Hausparty auch nur in die Nähe dieses Sees komme, ist Ihr Hirn aus Stroh.«

»Ich habe es nicht mit Absicht getan. Das habe ich doch gesagt.«

»Sie haben es mit Absicht getan. Ich war nur das falsche Opfer. Es war ein boshafter Streich, der spektakulär gescheitert ist. Hoffentlich haben Sie Ihre Lektion gelernt.«

»Welche Lektion ist das?«

Ihr kalter, wütender Blick haftete weiter auf ihm. »Wenn Sie jemanden ins Visier nehmen wollen, sollten Sie ihn nicht verfehlen.«

Er hätte ihren Worten mehr Glauben schenken sollen. Am folgenden Tag hatte sie ihn ins Visier genommen, und ihr Ziel war verdammt treffsicher gewesen. In gewisser Weise musste er sie bewundern. Zumindest im Nachhinein. Damals war er wütend gewesen.

»Du hast also ihr Boot zum Kentern gebracht und sie hat sich mit Marmelade in deinen Stiefeln revanchiert«, fasste Priest zusammen. »Das klingt nach ausgleichender Gerechtigkeit.«

»Das war noch nicht das Ende«, meinte Spetch. »Später, nach dem Vorfall mit den Stiefeln, konfrontierte Cosford sie damit. Sie sagte ihm, er habe bekommen, was er verdiente.

Er versuchte den Einwand vorzubringen, es sei schließlich nicht seine Absicht gewesen, sie in den See fallen zu lassen. Das spiele keine Rolle, entgegnete sie, denn der Schaden für sie – und für Dinah – sei gleichermaßen angerichtet. Nun seien sie quitt, hatte sie dann noch gesagt.«

John erinnerte sich, was anschließend geschehen war. Es war nicht sein bester Moment gewesen.

»Quitt?«, fragte er. »Ich wollte Ihnen nichts tun, aber Sie haben meine Stiefel vorsätzlich ruiniert, was zur Folge hatte, dass ich nicht mit den anderen ausreiten konnte.«

Sie legte den Kopf schief und schenkte ihm ein widerlich süßes Lächeln. »Sie Ärmster.«

»Quitt wäre, wenn ich eine speziell auf Sie abgestimmte Tat begehen würde. So etwas wie das hier.« John schnappte sich den Krug mit der Limonade vom Tisch, an dem sie mit ihren Freundinnen saß, und kippte ihn ihr über den Kopf.

Das hatte sie zum Schreien veranlasst. Auch die Aufmerksamkeit der anderen Ladys im Raum, einschließlich ihrer und Johns Mutter war nun auf sie gerichtet. John hatte sich entschuldigen müssen, was er aber nicht wirklich so gemeint hatte.

Noch einmal warf er einen Blick in ihre Richtung. Vielleicht sollte er sich ernsthaft entschuldigen.

Nein! Das hatte sie nicht verdient. Sie hatte bekommen, was sie verdient hatte. Auge um Auge.

Sie mussten nur die Suche nach dem Julescheit hinter sich bringen und ihren Eltern mitteilen, dass sie nicht zusammenpassten. Das würden sie beide bestimmt über sich bringen, und dann könnten sie getrennte Wege gehen, ohne sich weiter zu verletzen.

Er entschied sich für seinen Plan, trennte sich von seinen Freunden und schritt auf sie zu. Er konnte die Gesichter der anderen drei Ladys erkennen, mit denen sie zusammenstand, und jede einzelne beobachtete seine Annäherung mit großen

Augen. Als er hinter der Zimtziege, ähm, Miss Bromwell angekommen war, räusperte sich Spetchs Frau Dinah leise.

Es dauerte einen Moment, doch dann drehte sich Miss Bromwell langsam um. Aus der Nähe sah sie noch schöner aus. Ihre Augen waren wundervoll lebendig – John konnte die Verachtung in ihren Tiefen schimmern sehen. Er fand es seltsam verführerisch. Ihre Nase zeigte nur andeutungsweise nach oben, und ihre rosigen Lippen waren üppig. Sehr einladend, sie zu küssen.

Warum um alles in der Welt kam ihm dies bei ihr in den Sinn? Er wollte einen Waffenstillstand, keine Verabredung.

»Guten Abend, Miss Bromwell«, sagte er gleichmütig. »Ich frage mich, ob ich Sie kurz sprechen darf.«

»Ich kann mir nicht vorstellen, dass wir etwas zu besprechen hätten, Cosford.« Als ihr Blick über ihn schweifte, glitzerte ... etwas darin, doch als sie ihre Aufmerksamkeit seinem Gesicht zuwandte, war ihre Miene vollkommen ausdruckslos.

Die drei anderen Frauen ergriffen eiligst die Flucht, was Miss Bromwell bemerkte. »Verräterinnen«, murmelte sie.

Er war froh, sie allein zu sprechen, wenn auch nur kurz. »Ich nehme an, dass wir beide über die Absicht unserer Eltern Bescheid wissen, uns zusammenzubringen, und vermutlich stehen Sie diesem Gedanken ebenso ablehnend gegenüber wie ich.«

»Lieber würde ich in ein Kloster gehen.«

Er lächelte beinahe. »Ausgezeichnet. Dann müssen wir nur noch die morgige Suche nach dem Julescheit hinter uns bringen und ihnen mitteilen, dass wir nicht harmonieren. Ich schlage einen Waffenstillstand vor.«

Sie zog eine helle, schmale Augenbraue in die Höhe. »Befinden wir uns im Kriegszustand?«

»Ich nicht«, entgegnete er jovial. »Ich möchte mich nur versichern, dass auch Sie das nicht sind.«

»Es liegt fünf Jahre zurück.«

Wie er bemerkte, leugnete sie nicht, mit ihm zerstritten zu sein. »Ja, was hier vor fünf Jahren passiert ist, liegt in der Vergangenheit. Inzwischen sind wir andere Menschen, dessen bin ich sicher. Sind Sie mit dem Waffenstillstand einverstanden?«

Sie zog eine Schulter hoch. »Vermutlich. Solange wir uns einig sind, dass wir *nicht zusammenpassen.*«

»Gewiss.« Schade, denn sie war wirklich sehr schön und natürlich auch klug. Ihr elfenbeinfarbenes Kleid schmiegte sich perfekt an ihre Kurven, und der Rubinanhänger, der auf ihrer Haut glitzerte, lenkte seine Aufmerksamkeit auf Bereiche, die er besser unbeachtet lassen sollte. Dann widmete er sich der Betrachtung ihres undurchschaubaren Gesichts. »Sie sehen heute Abend bezaubernd aus.«

Sie warf ihm einen Blick zu, als ob sie ihm nicht glauben würde. In diesem Moment bemerkte er eine Spinne, die sich auf ihre Schulter herabsenkte. Er streckte die Hand aus, um sie wegzuschlagen, und vergaß dabei, dass er ein Glas Madeira in der Hand hielt. Der Wein spritzte über die Vorderseite ihres Kleides.

Vor Entsetzen aufkeuchend begegneten sich ihre Blicke. »Sie Ungeheuer!«

Wie hatte er das nur fertiggebracht? »Das habe ich nicht mit Absicht gemacht! Nicht so wie mit der Limonade.«

»Sie denken doch wohl nicht, ich würde Ihnen glauben? Nehmen Sie Ihren Waffenstillstand und stecken Sie sich ihn ... irgendwohin, wo es unangenehm ist.«

»Es tut mir aufrichtig leid, Miss Bromwell.« Er zog ein Taschentuch aus seiner Tasche und versuchte, ihr die Vorderseite abzutupfen.

Sie schlug seine Hand weg. »Was *machen* Sie da?«

Viel zu spät ging ihm auf, dass er sie unangemessen berührt hatte. Könnte es denn noch schlimmer werden? Er blickte an ihr herunter und musste feststellen, dass ihr Mieder ziemlich nass war. Nun konnte er jedoch Körpermerkmale erkennen, die ihm eben noch verborgen gewesen waren... »Ähm, Ihr Kleid ist überaus provokativ geworden«, flüsterte er.

Sie starrte ihn an, und ihre Augen funkelten vor Empörung. »Sie sind eine Nervensäge.« Sie machte auf dem Absatz kehrt und marschierte direkt zu ihrer Mutter.

Verflucht, das hatte er auf die denkbar ungünstigste Art und Weise vermasselt. Ein Waffenstillstand wäre nun unglücklicherweise ein Ding der Unmöglichkeit. Er wäre auch gar nicht erforderlich, wenn sie ihre Mutter jetzt schon davon überzeugen könnte, dass sie beide sich morgen keinesfalls zusammen auf die Suche machen könnten.

John konnte nur hoffen.

KAPITEL 3

Cecilia war froh, dass sie in einer Kutsche zur Suche aufbrechen konnte, in der Cosford nicht saß. Dass man sie genötigt hatte, heute überhaupt zu kommen, war eine Farce. Aber sie war vorbereitet.

Nachdem er seinen Wein gestern Abend über sie verschüttet und somit *ein weiteres ihrer* Kleider ruiniert hatte, hatte Cecilias Mutter versucht, sie zu besänftigen. Cecilia hatte jedoch ihr Urteil über diesen Mann gefällt. Er war für weibliche Gesellschaft, geschweige denn für die Ehe, absolut ungeeignet. Sie hatte sich geweigert, an der Suche nach dem Julescheit teilzunehmen, sollte weiterhin der Plan verfolgt werden, sie mit der Nervensäge als Partner zusammenzubringen.

Später hatte ihre Mutter Cecilia in ihrem Zimmer besucht und ihr schockierenderweise mitgeteilt, dass sie tatsächlich immer noch mit der Nervensäge an der Suche teilnehmen würde, und ihm der Vorfall mit dem verschütteten Wein überaus leidtat. Cecilia hatte es besser gewusst, als sich gegen ihre Mutter aufzulehnen. Stattdessen plante sie ihre Rache.

Bis er sie wieder einmal in aller Öffentlichkeit in Verlegenheit gebracht hatte, war sie froh gewesen, sich auf seinen Plan einzulassen, ihre gemeinsame Zeit einfach hinter sich zu bringen und dann allen mitzuteilen, dass sie nicht zusammenpassten. Es wäre ein Leichtes gewesen. Aber sie konnte ihn einfach nicht ungestraft davonkommen lassen.

Zu diesem Zweck würde sie Sorge dafür tragen, dass er sich heute im Wald verirrte. In mühevoller Kleinarbeit hatte sie goldene Perlen von einem ihrer Kleider entfernt und würde sie fallen lassen, um ihren Weg zu markieren. Wenn sie sicher war, dass die Nervensäge und sie weit genug von allen anderen entfernt waren – und hoffentlich den Weg nicht mehr wussten –, würde sie sich von ihm wegstehlen und ihre Spur zurückverfolgen.

Der Gedanke, dass er den ganzen Tag draußen festsitzen würde, bereitete ihr nicht die geringsten Sorgen. Bestimmt würde er den Rückweg finden. Irgendwann.

»Du bist furchtbar still«, stellte Dinah fest, als die Kutsche am Waldrand zum Stehen kam.

»Bin ich das?« Ungeduldig wartete Cecilia auf den Aufbruch, um ihren Plan in die Tat umzusetzen.

Die Tür der Kutsche öffnete sich, und ein Diener half allen vier Ladys beim Aussteigen. Die Gentlemen standen in der Nähe, wie auch eine weitere Gruppe der Hausparty. Alles in allem waren etwa ein Dutzend Personen versammelt, wobei Cecilias Eltern nicht darunter waren. Auch der Herzog und die Herzogin von Ironbridge, die Eltern der Nervensäge, waren nicht dabei.

Ihr Gastgeber, Mr. Beverley, trat vor und bat alle Anwesenden um Aufmerksamkeit. »Wie Sie alle wissen, sind wir auf der Suche nach dem Julescheit von Broadheath! Je größer, umso besser, also wird ein Wettbewerb stattfinden, wer den größten Baum zum Fällen findet. Schwärmt aus und seid innerhalb einer Stunde zurück. Später könnte es schneien, und wir wollen nicht in einen Sturm geraten.«

»Welchen Preis gewinnen wir?«, rief Priest.

»Angeberrechte«, antwortete Mr. Beverley.

»Das ist wohl kaum ein Preis«, gab Dinah zurück.

Cecilia würde sich etwas weitaus Besseres verdienen: süße Rache an der Nervensäge.

»Jeder sollte sich einen der Körbe nehmen«, sagte Mr. Beverley. »Darin sind Speisen und Ale, falls die Suche Sie hungrig macht.«

»Darf ich dich kurz sprechen?« fragte Cecilia an Dinah gewandt. Ehe sie das Haus verlassen hatten, war es Dinah gewesen, die sie informierte, dass ihr Mann und sie die Aufgabe als Anstandsdame für Cecilia und die Nervensäge übernehmen würden. Beide hatten sie gelacht, denn Cecilia war einige Monate älter als Dinah. Die gesellschaftlichen Anstandsregeln waren absurd.

Dinah entfernte sich mit Cecilia einige Schritte von der Gruppe. »Stimmt etwas nicht?«

»Keineswegs. Ich habe heute einen Plan für die Nervensäge, und die Ausführung wird scheitern, wenn du und Spetch bei uns seid.«

»Deshalb warst du in der Kutsche so schweigsam. Du hast einen Plan ausgeheckt!« Dinahs Augen funkelten vor Vorfreude. »Ich werde dafür sorgen, dass wir irgendwie getrennt werden.« Sie blinzelte in gespielter Unschuld.

Cecilia grinste. »Perfekt.«

Dinah hob einen der Körbe auf und schaute hinein. »Da hast du Ale. Schütte es einfach über die Nervensäge, bevor er es auf dich schütten kann.«

Nachdem sie über den Scherz ihrer Freundin gelacht hatte, wartete Cecilia, bis alle Körbe bis auf den letzten vergeben waren. Alle hatten sich aufgeteilt, sodass sie und die Nervensäge die Letzten waren, und sie sich gegenseitig misstrauisch beäugten. Sie reckte ihr Kinn, ging zu dem Korb und hob ihn auf.

Er kam sofort auf sie zu. »Soll ich das tragen?«

Ihrer Vermutung nach sollte sie ihm diese Mühsal gönnen, da er hoffentlich für eine gewisse Zeit allein sein würde. »Wenn Sie möchten.« Sie stellte den Korb wieder ab, anstatt ihn ihm zu überreichen.

Schwungvoll nahm er den Korb auf und begegnete ihrem Blick mit einer Grimasse. »Es tut mir leid wegen gestern Abend.«

»Das sagten Sie bereits.«

»Sie glauben mir nicht?«

»Spielt es eine Rolle, was ich glaube? Der Schaden wurde angerichtet, unabhängig von Ihrer Absicht. Sie bringen einfach nur Pech.«

Er lachte tatsächlich, die *Nervensäge*. »Bin ich das? Und wenn Sie das Pech sind?«

»Nur in Ihrer Gegenwart«, murmelte sie. »Deshalb bin ich auch von unserer heutigen Zusammenarbeit nicht begeistert. Das sollten wir so schnell wie möglich hinter uns bringen.«

»Wir könnten einfach hierbleiben«, schlug er vor.

Vor dem Debakel des gestrigen Abends hätte sie ihn auf jeden Fall beim Wort genommen. »Nein, unseren Versuch, uns kennenzulernen müssen wir schon deutlich zeigen. Wie sonst können wir unseren Eltern mit Überzeugung sagen, wir würden nicht zusammenpassen?«

Er stieß die Luft aus. »Das ist ein gutes Argument. Dann kommen Sie mit.« Er machte Anstalten, auf den Wald zuzugehen, doch dann blieb er abrupt stehen und blickte sich um. »Wir sollten mit Spetch und seiner Frau gehen. Wo sind sie hin?«

Cecilia zeigte in eine Richtung, in die sonst niemand gegangen war. »Sie sind in diese Richtung gegangen, glaube ich. Wir sollten sie einholen.« Sie führte ihn einige Minuten lang am Waldrand entlang und wagte sich dann in die Bäume.

»Spetch und ich wollen den größten Baum finden«, kommentierte er. »Ich möchte gewinnen.«

Sie warf ihm einen Seitenblick zu, als er neben ihr herging. »Auch wenn es keinen echten Preis gibt?«

»Der Bekanntheitsgrad reicht mir.«

Jetzt lachte Cecilia leise. »Das überrascht mich nicht.«

»*Das* überrascht mich auch nicht.«

»Scheinbar wissen wir mehr übereinander, als wir angenommen haben«, stellte sie fest. »Auch das ist überraschend, da wir uns vor fünf Jahren nicht richtig kennengelernt haben.«

Schweigend gingen sie die nächsten Minuten zwischen den Bäumen umher. Der Duft von Kiefern und feuchter Erde erfüllte die Luft, und eine natürliche, winterliche Stille legte sich über sie. Sie ließ ihre Hand in ihre Tasche gleiten und holte eine Handvoll goldener Perlen hervor. Heimlich ließ sie sie in Abständen am Wegesrand fallen, der demjenigen gegenüberlag, an dem er entlangging.

»Ich bedaure, dass wir uns nicht richtig kennengelernt haben«, bemerkte er und unterbrach den Frieden, als sie auf eine große Lichtung traten. »Der Vorfall mit dem Boot ereignete sich in einem frühen Stadium während der Hausparty, sodass ich noch keine Bekanntschaft mit Ihnen hatte schließen können.«

Seine reumütigen Bezeugungen nahm sie ihm nicht eine Sekunde ab. »Wir wurden einander vorgestellt.«

»Ja, aber ich hatte keine Zeit mit Ihnen verbracht. Wenn ich mich recht erinnere, hatten Sie und die anderen Mädchen immer eine verschworene Gemeinschaft gebildet.«

»So wie ihr jungen Männer unzertrennlich gewesen wart. Ich erinnere mich, wie lange Sie darüber gejammert haben, dass Sie Ihren heiligen Ausflug mit Ihren Freunden verpasst haben.«

Er neigte den Kopf. »Das würde ich nicht als Jammern bezeichnen. Ich war verärgert.«

»Verärgert ist viel würdevoller, als Sie es waren. *Verärgerte* Menschen kippen anderen keine Limonade über den Kopf, schon gar nicht jungen Ladys, die sich um ihre eigenen Angelegenheiten kümmern.«

»Mir Marmelade in die Stiefel zu schmieren, ist das Ihre Angelegenheit?«

»An diesem Tag war es das. Sie hatten es verdient.« Sie winkte ab. »Es hat keinen Sinn, darauf zurückzukommen. Lassen Sie uns diese Suche einfach hinter uns bringen.«

»Wo um alles in der Welt sind Spetch und Dinah hin?«, fragte er stirnrunzelnd.

»Sie müssen ganz in der Nähe sein.« Sie beschleunigte ihr Tempo und ging vor ihm her.

Als sie auf der anderen Seite der Lichtung erneut zwischen die Bäume traten, ging sie schnell weiter und zählte dabei auf seine kämpferische Natur, die ihn treiben würde, sie zu überholen, was ihr eine Fluchtmöglichkeit verschaffen würde. Aber zuerst musste sie sicherstellen, dass sie weit genug von allen anderen entfernt waren. Immer wieder ließ sie eine ihrer Perlen fallen, um ihren Weg zu markieren.

Sie behielten ihr zügiges Tempo für einige Zeit bei, bis nach ihrer Schätzung mindestens eine Viertelstunde vergangen war. Allmählich fing sie an, sich müde zu fühlen, und beschloss, langsamer zu werden. Ihre Siegernatur sträubte sich dagegen, ihn vor ihr herlaufen zu lassen. Doch dann erinnerte sie sich daran, dass sie am Ende triumphieren würde.

»Müde?«, fragte er ein paar Minuten später über die Schulter. »Wir können anhalten und uns ausruhen, wenn Sie das möchten. Ich glaube, wir haben Spetch und Dinah vollkommen verloren. Und alle anderen auch.«

Sie musste ihn auf Trab halten. »Ich sehe größere Bäume vor uns.«

Er beschleunigte seinen Schritt, und sie nutzte die Gelegenheit, um noch langsamer zu gehen. Das tat sie mehrere Minuten lang und ließ immer wieder Perlen fallen, bis er zwischen den Bäumen fast außer Sichtweite war. Es begann leicht zu schneien. Wenn sie ihren Plan ausführen wollte, musste sie es jetzt tun.

Mit schnellen Schritten lief sie den Weg zurück, den sie gekommen waren, und wäre beinahe gerannt, bis ein Stich in der Seite sie zu einer langsameren Gangart zwang. Der Schnee fiel immer heftiger, aber der Schutz der Bäume hinderte die Flocken glücklicherweise daran, ihre Spur zu verwischen. Es wurde jedoch immer schwieriger, sie zu finden, da das Tageslicht aufgrund der dicken Wolkendecke über ihr immer schummriger wurde.

Endlich erreichte sie die Lichtung. Doch dann blieb sie eiskalt stehen. Ohne Bäume war der Boden komplett mit Weiß bedeckt. Wie sollte sie ihren Perlenweg finden?

Sie blickte über die Lichtung und versuchte festzustellen, woher sie gekommen waren. Es war unmöglich zu sagen. Sie konnte sich einen Weg durch den Schnee bahnen, der ihre Stiefel gründlich durchnässte, und versuchen, den Pfad zu finden, oder sie konnte zurückgehen und die Nervensäge suchen und hoffen, dass er sich an den Weg erinnerte.

Beide Möglichkeiten sagten ihr ganz und gar nicht zu. Verflixt!

Sie schob ihre Wut beiseite und sagte sich, das Sinnvollste zu tun, und nicht, was ihr Stolz gebot. Das bedeutete, sich auf die Suche nach der Nervensäge zu machen. Und was, wenn sie ihn nicht finden konnte? Ihre Spur aus Perlen würde sie nur bis zu dieser einen Stelle bringen. Und er war vermutlich einfach weitergelaufen. Hatte er überhaupt gemerkt, dass sie verschwunden war?

Das würde sie bald herausfinden. Hoffentlich. Denn wenn sie ihn nicht fand und es weiter so schneite, geriete sie wirklich in Schwierigkeiten.

KAPITEL 4

Der Schnee fiel immer heftiger. John warf den Kopf in den Nacken und bekam dabei eine Schneeflocke ins Auge. Er wischte sich über sein Augenlid und überlegte, ob sie vielleicht besser umkehren sollten.

»Sie sind so furchtbar still.« John hielt an und blickte sich nach der Zimtziege um. War er schon wieder dabei, sie so zu nennen? Offensichtlich. Es war ihm ein Rätsel, warum sie ihn so aufregte. Normalerweise war er liebenswürdig und sogar charmant. Doch sie provozierte ihn aus irgendeinem unerfindlichen Grund.

Sie befand sich nicht mehr hinter ihm. Hatte sie eine Verschnaufpause gebraucht? Er konnte sich vorstellen, wie sie sich dagegen gesträubt hatte, ihm zu sagen, dass sie eine Weile anhalten musste.

Kopfschüttelnd atmete er tief durch und verfolgte seine Schritte, wobei er nach ihren roten Röcken Ausschau hielt, die beim Gehen unter ihrem dunkelblauen Umhang hervorblitzten. Der Boden war weiß gesprenkelt, da ein Teil des Schnees einen Weg durch die Bäume gefunden hatte.

Eine Weile später bleib er stirnrunzelnd stehen. Er stellte

den Korb ab, blickte in die Richtung zurück, aus der er gekommen war, und drehte sich dann im Kreis. Gerade wollte er aus vollem Halse »Zimtziege« schreien, doch im letzten Moment verdrehte er die Augen über seine Unbedachtheit und rief nun: »Miss Bromwell? Miss Bromwell?«

Wohin war sie gegangen? Wie hatte sie es geschafft, sich zu verirren, während sie hinter ihm gewesen war?

Er hob den Korb wieder auf und kehrte den Weg zurück, den sie gekommen waren. Zumindest nahm er an, dass dies der richtige Weg war. Wenn er das auch niemals zugeben würde, war er einigermaßen orientierungslos.

»Miss Bromwell?« Er vernahm ein Rascheln. Dann hörte er irgendeine Art von Gemurmel. Anstatt ihren Namen nochmals laut zu rufen, wagte er sich – leise – weiter in Richtung des Geräusches vor.

Als er sie entdeckte, hielt er an und lauschte aufmerksam. Sie fluchte. Sehr derb und heftig. Er konnte sich ein Grinsen nicht verkneifen, das sich auf seine Lippen stahl.

Sie drehte sich zu ihm um, ohne dass er einen einzigen Ton von sich gegeben hätte. »Worüber lächeln Sie?«

Er trat auf sie zu und schwang den Korb dabei. »Haben Sie sich verirrt?«

Sie stemmte eine Hand in die Hüfte. »Und Sie?«

»Ich habe nach Ihnen gesucht. Eigentlich sollten Sie doch direkt hinter mir sein.« Er hielt inne, legte den Kopf schief und betrachtete sie. »Wie kann man sich verlaufen, wenn man einem anderen Menschen folgt?«

Finster sah sie ihn an und ihre Stirn war so umwölkt wie der Himmel. »Ich bin nicht verloren. Ich bin auf der Suche nach Ihnen. *Sie* sind verloren.«

Da hatte sie nicht ganz unrecht, doch das wollte er ihr natürlich nicht sagen. »Wie kommt es, dass Sie mich suchen müssen, obwohl ich direkt vor Ihnen ging?«

Ein leises Knurren vibrierte in der Luft, und einen

Moment lang fürchtete er, ein Wolf hätte sich in ihre Nähe geschlichen. Dann ging ihm auf, dass dieses Geräusch von ihr stammte. Sie stemmte die andere Hand in die andere Hüfte und drehte sich zu ihm um, wobei ihre Augen vor Wut zu Schlitzen geworden waren. »Ich habe *versucht,* Sie abzuhängen. Ich hatte einen großartigen Plan, Sie im Wald auszusetzen, aber dieser Schnee hat alles zunichtegemacht...«

»*Halt.*« Er starrte sie an. »Erklären Sie Ihren *dämlichen* Plan doch bitte.«

Sie schniefte. »Er war eigentlich genial. Ich habe eine Spur aus Perlen hinterlassen, die mich zu den Kutschen zurückführen würde. Nachdem ich Sie weit genug von allen anderen weggeführt hatte, habe ich mich auf eigene Faust auf den Rückweg gemacht.«

Weiter starrte er sie schweigend an. Als sie dann mit den Schultern zuckte und ein bisschen unbehaglich wirkte, entspannte er sich ein wenig.

»Sie hätten den Rückweg gefunden«, murmelte sie.

Er teilte ihre Zuversicht nicht, da er sich in der Regel nicht gut orientieren konnte. Unter keinen Umständen würde er ihr jedoch die Genugtuung gönnen, ihr diese Schwäche zu gestehen. »Ich bin mir nicht sicher, wie mir das hätte gelingen sollen, wenn wir so tief im Wald waren, dass Sie Perlen brauchten, um den Rückweg zu finden.« Das war ganz schön clever von ihr, wie er zugeben musste. »Dieser Plan ist zwar raffinierter als Marmelade in meinen Stiefeln, doch da Sie die Konsequenzen zusammen mit mir tragen werden, wage ich zu behaupten, dass das Ergebnis weniger günstig ausfällt.«

Sie zog eine Grimasse. »Vielleicht war dieser Plan nicht ganz so brillant, wie ich angenommen hatte. Ich habe nicht mit Schneefall gerechnet.«

Er stemmte eine Hand in die Hüfte und blickte sich um. »Sie haben also nicht die geringste Ahnung, wie Sie die

Kutschen finden sollen?« Er selbst wusste den Weg ganz sicher nicht.

»Zu meinem Bedauern, nein.«

Er bemerkte, dass ihr Umhang teilweise vom Schnee bedeckt war. Recht bald schon würde sie ganz nass sein. Und er auch. »Wir sollten versuchen, den Rückweg zu finden.« Er drehte sich um und setzte sich in Bewegung.

»Nicht in diese Richtung«, wandte sie ein. »Aus dieser Richtung sind Sie doch gekommen.«

Verflixt, da hatte sie recht. Er gestikulierte mit seiner Hand. »Dann gehen Sie voran.«

»Ich kann Sie zur Lichtung zurückführen. Vielleicht können Sie feststellen, an welcher Stelle wir sie überquert haben.«

Darauf würde er nicht wetten. Aber welche Wahl hatten sie denn?

Sie stapfte an ihm vorbei und hielt den Blick geradeaus gerichtet. Nach einigen Minuten blieb sie kurz stehen und drehte sich zu ihm um. »Das kommt mir nicht bekannt vor. Sie haben mich verwirrt.«

»Ist das *meine* Schuld? Ich bin nicht derjenige, der den Plan gefasst hat, jemanden im Dezember im Wald auszusetzen.«

Sie starrte ihn an. Kaltherzig. »Wie wollten Sie denn den Rückweg finden, nachdem wir das Julescheit gefunden hätten?«

»Ähm ... ich dachte, wir wären mit Spetch zusammen. Und ich war auch der festen Annahme, dass die anderen in Hörweite wären.« Das war Johns Plan ohnehin gewesen, da er sich leicht verirrte.

»Sie haben keine Ahnung, wohin Sie gehen sollen?«, fragte sie, die Arme vor der Brust verschränkt.

Er sah sich um und hatte keine Ahnung. »Nicht mehr als Sie, wie es scheint.«

»Dann sind wir wirklich verloren.«

»Und nass.«

Sie schlang die Arme um ihren Leib. »Wir werden noch erfrieren.«

Zum ersten Mal seit ihrer Bekanntschaft wirkte sie verletzlich. Er schritt auf sie zu. »Haben Sie keine Angst. Wir werden den Rückweg finden. Oder wir finden einen Unterschlupf. Vielleicht gibt es Holzfällerhütte oder einen anderen Unterschlupf in der Nähe.« An diese Hoffnung würde er sich klammern.

Er nahm ihre Hand in seine und setzte sich in Marsch. Allerdings ging sie nicht mit ihm. Sie richtete den Blick auf ihre verbundenen Hände. »Warum haben Sie das getan?«

Er ließ sie los und zuckte mit den Schultern. »Ich weiß es nicht. Kommen Sie mit.« Er führte sie einen Hang hinauf, in der Hoffnung, sie würden den Rückweg entdecken können. Stattdessen erspähte er in der Ferne ein Dach. Er zeigte darauf. »Dort, sehen Sie es?«

Sie nickte. »Ja. Beeilen wir uns.« Schnell gingen sie nun auf das Gebäude zu.

John hatte keine Ahnung, wie gut es um ihre Orientierungsgabe bestellt war, doch er kam zu dem Urteil, dass sie wahrscheinlich besser als er selbst war und somit folgte er ihr. Ungefähr zehn Minuten später betraten sie eine kleine Lichtung. Der Schnee reichte ihm bis zu den Stiefeln und würde sicher auch die unteren Bereiche ihrer Kleidung durchnässen. Er überlegte, ob er sie auf den Arm heben sollte, doch wenn es sie schon beunruhigte, dass er sie unterhakte, würde dies dann mit großer Gewissheit noch mehr Bestürzung auslösen.

Er eilte zu dem kleinen Häuschen und betete, die Tür unverschlossen vorzufinden und dass es drinnen Holz für ein Feuer gab. Zum Glück ließ sich die Tür mühelos aufstoßen.

»Darf ich hoffen, dass es Möbel gibt?«, fragte sie, als er ihr die Tür aufhielt.

Er hatte vergessen, auch dafür zu beten. Nun gut, er würde sich mit einem Dach über dem Kopf und einem Feuer zufriedengeben.

Nachdem er die Tür fest geschlossen hatte, erkannte er, dass die Hütte aus einem kompakten einzelnen Raum bestand. Es gab tatsächlich Möbel – einen kleinen Tisch, einen einzigen Stuhl und ein schmales Bett. Er stellte den Korb auf den Tisch. »Wenigstens haben wir etwas Verpflegung.«

»Es gibt kein Holz«, stellte sie fest. »Sie werden einen Baum fällen müssen. Haben Sie eine Axt?«

Bis er einen Baum fällen und zu brauchbarem Holz verarbeiten konnte, wäre sie vielleicht schon erfroren. »Ich werde draußen nach Holz suchen.«

Er ging hinaus und fand einen kleinen Vorrat, der an der Seitenwand der Hütte aufgestapelt war. Es war nicht viel, doch selbst wenn sie über Nacht hierblieben, genügte die Menge. Den Gedanken, dass dieser Fall eintreten würde, versuchte er zu verdrängen.

Der Schnee fiel jetzt recht kräftig. Eiligst trug er mehrere Ladungen Holz in die Hütte. Als er zum letzten Mal hereinkam, sah er, dass sie das Feuer vorbereitet hatte und dabei war, es zu entfachen.

Er nahm seinen Hut vom Kopf, wobei ungewollt einige Tropfen flogen, und legte ihn auf den Tisch. »Brauchen Sie Hilfe?«

»Das denke ich nicht.« Als sie sich aus ihrer Position erhob, loderte das Feuer in der Feuerstelle auf. Der steinerne Kamin nahm den Hauptteil einer der kürzeren Wände der rechteckigen Hütte ein.

Ihm blieb nichts anderes übrig, als ihre Fertigkeiten beim Feuermachen zu bewundern. Miss Bromwell war eine Frau voller Überraschungen. Außerdem zitterte sie.

»Hier, Sie müssen Ihre nassen Sachen ausziehen. Geben Sie mir Ihren Mantel.« John streckte die Hand aus.

Sie schürzte ihre Lippen. »Unternehmen Sie etwa einen Versuch, mich zu entkleiden? Ich wusste, dass Sie ein Schurke sind, aber nicht, dass Sie *diese Art* von Schurke sind.«

John verrenkte sich fast, um die Augen nicht zu verdrehen. »Ich bemühe mich, Sorge dafür zu tragen, dass Sie sich nicht erkälten. Sie sollten zumindest Ihren Umhang ablegen. Aber wie ich sehe, ist auch Ihr Kleid durchnässt. Das sollten Sie auch ausziehen. Sie können sich ja mit einer Decke zudecken.« Er blickte in die Richtung des Bettes.

»Es gibt nur eine Decke«, stellte sie klar. »Für den Fall, dass Sie dasselbe tun wollen.«

»Ich komme schon zurecht.« Sein Umhang schien ein bisschen dicker zu sein als der ihre. Aber trotzdem war er ziemlich feucht, insbesondere nachdem er das Holz geholt hatte. Achselzuckend legte er den Umhang ab und hängte ihn an einen der vielen Haken an der Wand neben der Tür. Dies schien die einzige Möglichkeit zum Ordnen der Kleidung für die Bewohner der Hütte zu sein, denn es gab weder eine Kommode noch einen Kleiderschrank oder gar eine Truhe.

Sobald er mit dem Aufhängen seines Umhangs fertig war, sah er, dass sie ihren Umhang abgenommen hatte. Anstatt ihn jedoch ihm zu reichen, schritt sie an ihm vorbei und hängte ihn an den am weitesten von seinem Mantel entfernten Haken. Dann nahm sie ihren kecken Hut mit Pelzbesatz ab und hängte ihn an einen anderen Haken.

»Sie müssen sich umdrehen«, meinte sie keck, als sie an das Bett herantrat.

»Macht es Ihnen etwas aus, wenn ich mich dem Feuer zuwende? Ich werde nicht direkt davor stehen bleiben.« Er würde nicht die ganze Hitze in Anspruch nehmen.

»Machen Sie, was Sie wollen.« Würde sie die ganze Zeit, in der sie hier gemeinsam festsaßen, derart schroff sein?

John beschloss, seinen Frack auszuziehen, da auch seine Schultern feucht geworden waren. Nachdem er diesen neben seinen Mantel gehängt hatte, trat er an das Feuer und kehrte Miss Bromwell den Rücken zu.

Es vergingen einige Minuten, bis sie etwas murmelte, das nach Frustration klang.

»Brauchen Sie Hilfe?«, fragte John. Er hatte schon einigen Damen beim Entkleiden geholfen und wusste, wie schwierig dieses Unterfangen sich für sie ohne Hilfe darstellen konnte. Gewiss hatte Miss Bromwell ein Dienstmädchen, das ihr beim An- und Auskleiden half.

»Nein«, brauste sie auf. »Danke«, fügte sie in einem gemäßigteren Ton hinzu.

Es vergingen noch ein paar Minuten, während derer sie immer wieder murmelte. Es waren Flüche, wie er erkannte.

»Oh, also gut. Ich brauche Ihre Hilfe.« Sie klang sehr aufgebracht. »Sie können sich umdrehen.«

Als er dies tat, sah er, dass sie mit dem Rücken zu ihm stand. Ihr Kleid war teilweise aufgeschnürt, doch die Bänder waren verknotet. »Ich erkenne das Problem. Ich werde Sie im Handumdrehen befreien.«

John trat hinter sie und begann, an dem Knoten zu arbeiten.

»Meine Hände sind zu kalt«, beklagte sie sich.

»Hier, kommen Sie dichter ans Feuer.« Er legte eine Hand auf ihre Taille und wäre vor Schreck fast zurückgesprungen, als er einen elektrischen Schlag verspürte, der seinen Arm hinaufzog. Die Empfindung ignorierend führte er sie zur Feuerstelle. »Wärmen Sie sich die Hände.«

Sie wandte sich dem Feuer zu, während er sich erneut ihrem Kleid widmete. »Ich danke Ihnen. Das ist sehr peinlich.«

»Ja.« Trotz seiner Bemühungen konnte er nicht aufhören, an die Art und Weise zu denken, wie sein Körper auf ihre Berührung reagiert hatte – als wären sie magnetisiert. Er hatte sie nicht loslassen wollen, und doch war diese Maßnahme absolut notwendig gewesen.

Zum Glück gelang es ihm, die Bänder zu entknoten. »So. Ich kehre zum Feuer zurück.« Er drehte sich um, machte einen Bogen um sie und wandte sich der Feuerstelle zu.

Sie stand weiter da und ihr Blick traf den seinen mit überraschender Dankbarkeit. »Ich weiß Ihre Hilfe zu schätzen.«

»Ich hoffe doch, Sie lassen mich wissen, wenn ich Ihnen weiterhelfen kann.«

Sie antwortete ihm mit einem schwachen Nicken, drehte sich um und verschwand aus seinem Blickfeld. Er hörte sie über die Dielen laufen, und einen Moment später stand sie wieder neben ihm. Die Decke, die sie um ihre Schultern geschlungen hatte, bedeckte ihre Unterwäsche. Größtenteils. Er konnte den Vorderteil ihrer Taille erkennen, wo die Decke nicht überlappte, da sie sie weiter oben über ihrem Busen zusammenhielt. Er konnte auch einen Blick auf ihren Hals erhaschen, der größtenteils von ihrem Kleid verdeckt gewesen war. Das Kleidungsstück war fast bis zu ihrem Kinn zugeknöpft gewesen.

Mehrere Minuten lang standen sie schweigend da, während die Wärme sie durchdrang. Schließlich meinte sie: »Ich sollte meine Stiefel ausziehen. Sie sind sehr nass.«

Er wollte nicht, dass sie sich vom Feuer entfernte. Als er sich in der Hütte umschaute, überlegte er, ob er den Stuhl an den Kamin stellen sollte, doch dann würde nur einer von ihnen sitzen können. Wenn er jedoch das Bett vor den Kamin schob, konnten sie beide darauf sitzen und von der Wärme profitieren.

»Nur einen Moment.« Er ging zum Bett, das an der Wand stand, und schob es parallel zur Feuerstelle.

»Was machen Sie da?«

»Ich schaffe für uns beide einen Platz vor dem Feuer.«

»Nun, das ist clever.«

John erstarrte. »Nanu. Ist das ... etwa eine Zustimmung, die ich da höre?«

»Es ist eine Beobachtung, nichts weiter.« Sie setzte sich auf die Bettkante und beugte sich hinunter, um an den Schnürsenkeln ihrer Stiefel zu zupfen. Als sie fertig war, zog sie beide aus und stellte sie zum Trocknen neben den Kamin.

John nahm den Proviantkorb vom Tisch, brachte ihn zum Bett und stellte ihn zwischen sie, als er sich setzte. Er würde eine schöne Barriere bilden, die er für notwendig erachtete. Nicht nur, weil er sich zu ihr hingezogen fühlte, sondern weil er darauf wetten würde, dass ihr eine Trennung nur recht wäre.

»Wie lange, glauben Sie, wird der Sturm anhalten?«, fragte sie.

Er blickte zu dem kleinen und einzigen Fenster, das sich über dem Tisch an der gleichen Wand wie die Tür befand. Es schneite so stark, dass er nicht hinaussehen konnte. »Das lässt sich schlecht sagen. Aber es sieht ziemlich schlimm aus. Ich frage mich, was mit den anderen passiert ist.«

Sie drehte den Kopf zu ihm, ihre Augen waren groß. »Glauben Sie, sie werden uns finden? Wenn man uns so zusammen findet ...« Sie presste ihre Lippen zu einer grimmigen Linie zusammen.

Er beendete ihren Satz in Gedanken: *Werden wir gezwungen sein, zu heiraten.*

»Ich glaube, wir sind unglücklicherweise sehr weit von allen anderen entfernt. Doch mein Orientierungssinn ist auch nicht viel wert.«

»Das habe ich mir schon gedacht«, konterte sie ironisch

und schien sich eher über ihn zu amüsieren als zu ärgern. War das ein Fortschritt? Gab es eine Chance, dass sie sich nicht mehr verabscheuen würden, wenn sie dies hier überstehen würden?

»Hoffentlich haben es alle zu den Kutschen zurückgeschafft und sind auf dem Weg nach Broadheath.«

»Ohne uns?«, fragte sie und klang überrascht. »Ich hätte gedacht, dass sie zumindest nach uns suchen würden.«

»Das wäre bei diesem Sturm äußerst schwierig.«

»Meine Mutter wird einen Anfall bekommen«, murmelte sie, wobei sie die Decke losließ, um ihre Hände am Feuer zu wärmen.

Ohne die Hilfe ihrer Hände, welche die Decke zusammengehalten hatten, klaffte diese nun an der Vorderseite auf und gab den Blick auf ihr Korsett frei. Das schmucke Dessous war mit aufgestickten Blumen verziert, die auf einem Unterkleid sinnlos erschienen. Er war bestrebt, den Blick von der Wölbung ihrer Brüste abzuwenden, die sich über den Rand des Korsetts erhob, doch als er kläglich scheiterte, lenkte er den Kopf ruckartig in Richtung Feuer.

»Hoffentlich sind wir nicht über Nacht hier. Das wäre wirklich unser Todesurteil.« Sie fügte hinzu: »Ich meine damit, was die Kompromittierung anbelangt.«

Falls er die Nacht mit ihr hier in dieser Hütte verbringen müsste, wären sie unweigerlich dem Untergang geweiht. Sie würden sich warm halten müssen, und dafür stand ihnen nur ein Bett und eine Decke zur Verfügung. Selbst wenn nicht einmal etwas zwischen ihnen passierte – und dazu *würde es* nicht kommen –, würden alle anderen annehmen, dem sei so gewesen.

John hoffte inständig auf ein baldiges Ende des Sturms.

KAPITEL 5

Cecilia bemühte sich, keinen Gedanken daran zu verschwenden, dass sie neben einem Mann auf einem Bett saß, den sie zwar heiraten sollte, aber nicht wollte.

Und das allein in einer Hütte.

Inmitten eines Schneesturm.

Teilweise entkleidet.

Das war eine Katastrophe und obendrein alles ihre Schuld.

War es das? Scheinbar waren sie von Anfang ihrer Suche der Gefahr ausgesetzt gewesen sich zu verirren, da die Nervensäge mit einem miserablen Orientierungssinn geschlagen war.

»Es tut mir leid, dass die Spur meiner Perlen uns den Rückweg nicht weisen konnte«, sagte sie leise.

»Mir ebenfalls. Es war klug von Ihnen, sie zu benutzen, wenn Ihre Absichten auch als schändlich zu verurteilen sind.«

Cecilia lachte. »Sind Sie nicht wütend?«

»Mein Überlebensinstinkt behält die Oberhand über

meine Empörung. Nun, da ich hier mit Ihnen in dieser winzigen Hütte gefangen sitze, halte ich es für das Beste, wenn wir uns Mühe geben, miteinander auszukommen, anstatt uns gegenseitig in eisigem Schweigen anzustarren.«

Dagegen konnte sie nichts einwenden. »Ich hoffe doch sehr, Sie verlangen nicht von mir, Vergangenes zu vergessen. Ich erkläre mich in dieser Situation bereit, dem keine Beachtung zukommen zu lassen, jedoch werden wir nie Freunde werden.«

»Nein, das glaube ich nicht, insbesondere nicht nach dem vergangenen Abend.«

Sie wandte sich ihm zu, wobei sie die Decke erneut vor ihrer Brust festhielt. »Sie geben also zu, in voller Absicht gehandelt zu haben?«

»Im Gegenteil. Ich erwarte nur nicht mehr, dass Sie mir jemals glauben werden. Ich habe wirklich versucht, eine Spinne zu verscheuchen.« Er hob den Finger, um seine Aussage zu unterstreichen. »Was mir auch gelungen ist, wie ich hinzufügen möchte.«

»Ich sollte Sie also als meinen galanten Retter betrachten? Ich fürchte mich ebenso wenig vor Spinnen wie vor Schlangen.«

»Das nehme ich an«, entgegnete er sardonisch. »Sollen wir essen?«

»Das könnten wir tun.« Der Inhalt des Korbs war in ein Tuch eingeschlagen, das sie nun öffnete. Ein Jammer, dass es nicht größer war, um als zweite Decke zu dienen. »Es gibt Brot, Käse, Schinken und etwas Trockenobst. Und Ale.« Cecilia brach etwas Käse ab und nahm sich eine Scheibe Brot aus dem Korb. »Bedienen Sie sich.«

Er griff hinein und brachte ein wenig Obst zum Vorschein. Einen Moment aßen sie schweigend. Sobald er aufgegessen hatte, warf er einen weiteren Blick in den Korb. »Keine Marmelade?«

Cecilia hatte gerade von Brot und Käse abgebissen, das sie nun kaute, und sich bei seiner Frage beinahe verschluckt. Keinesfalls wollte sie ihn amüsant finden, doch er hatte sie überrascht.

»Warum haben Sie sich für Marmelade entschieden, um sie in meine Stiefel zu geben?«, fragte er in einem freundlichen Ton, als sei dies ein vollkommen normales Gespräch zwischen zwei Menschen, das sie bei jeglichen gesellschaftlichen Anlass führen könnten.

»Es würde Ihnen den Ausritt unmöglich machen. Ich wusste, dass es Sie vom Reiten abhalten würde. Das schien mir deshalb angemessen, da Sie mich, nachdem ich in den See gefallen war, für den Rest des Tages an der Teilnahme von allen Aktivitäten gehindert hatten. Bei meiner Rückkehr ins Haus verdonnerte meine Mutter mich zur Vorbeugung gegen eine Erkältung zu Bettruhe.«

Er blinzelte sie an. »Es war ein warmer Tag.«

»Das Wasser im See war es nicht. Warm, meine ich. Daran sollten Sie sich erinnern, da Sie mir zur Hilfe gekommen sind.«

»An die Wassertemperatur erinnere ich mich nun wirklich nicht. Ich kann mich aber darauf besinnen, wie überrascht und beeindruckt ich von Ihren Schwimmkünsten war.«

»Bitte ersparen Sie mir Ihre Komplimente. Es ist schon schlimm genug, dass ich Ihre Hilfe und Gesellschaft annehmen muss.« Sie wollte ihn nicht sympathisch finden. »Jedenfalls hielt meine Mutter es für absolut notwendig, dass ich mich nach meiner ›Tortur im See‹ gründlich ausruhe, womit ich den ganzen Spaß an jenem Nachmittag und Abend verpasst habe, wozu auch die Gesellschaftsspiele gehörten.«

Mit einer Grimasse zog er die Flasche Ale aus dem Korb. »Das hatte ich gar nicht bedacht. Ich bitte um Verzeihung.

Wahrlich. Sie hatten recht. Es *war* ein böser Streich, und ich hätte das unterlassen sollen.«

Nun blickte sie ihn an, als er das Ale öffnete. »Sie übernehmen nicht ernsthaft die Verantwortung dafür.«

»Das tue ich. Es lag nicht in meiner Absicht, Schaden anzurichten, doch nun muss ich erkennen, dass dieser beinahe vorprogrammiert war. Ich bin froh, dass Sie nicht verletzt worden sind.«

»Abgesehen von meinem Stolz«, entgegnete sie mit einem Schnauben.

»Haben Sie gerade geschnaubt?«

»Eine meiner schlechten Angewohnheiten, fürchte ich. Meine Mutter verabscheut es.« Sie warf ihm einen Seitenblick zu, ehe sie einen weiteren Bissen von Brot und Käse zu sich nahm.

»Leider gibt es keine Becher für das Bier. Und in unserem Unterschlupf fehlt es an Annehmlichkeiten wie Geschirr oder Trinkgefäßen.«

»Ich werde mich beim Hauswirt beschweren«, schlug Cecilia mit einem kleinen Lächeln vor.

»Ja, tun Sie das. Wenn Sie schon dabei sind, sagen Sie ihm auch, dass es an Mobiliar mangelt. Es gibt nur *eine* Decke?«

»Ist Ihnen kalt?« Vielleicht sollten sie sich die Decke teilen. »Sie können auch einmal an die Reihe kommen.« Sie machte Anstalten, das Gewebe von ihren Schultern zu nehmen, aber er hielt abwehrend seine Hand hoch.

»Wahrscheinlich ist es das Beste, wenn Sie die Decke zumindest so lange für sich behalten, bis Ihr Mantel trocken ist und Sie ihn stattdessen benutzen können.«

Cecilia warf einen Blick auf die Stelle, an der ihre Kleider hingen. »Am Feuer wären sie besser aufgehoben, aber ich weiß nicht, wo wir sie ablegen sollen.«

»Dass wir uns warm halten, ist von größerer Wichtigkeit.« Er trank einen Schluck aus der Flasche und reichte sie ihr dann.

Sie richtete den Blick auf die Flasche, und ihr Puls schlug noch schneller als noch vor einem Augenblick. Dann hob sie den Blick zu ihm. »Ich soll meinen Mund an dieselbe Stelle halten, an der der Ihre war?«

Kleine rote Flecken zeichneten sich auf seinen Wangen ab. »Daran habe ich gar nicht gedacht. Wie ich schon sagte, es gibt keine Becher.«

Sie nahm ihm die Flasche ab und zwang sich, das Zittern im Zaum zu halten, das ihren Körper durchlief. »Wir sitzen hier schon unbekleidet auf einem Bett zusammen. Außerdem ist es ja nicht so, dass Sie Ihren Mund tatsächlich *auf* meinen legen.«

Himmel, jetzt kam ihr auch dies noch in den Sinn. In der letzten Saison hatte sie gerade einmal einen Mann geküsst. Sie hatten sich im Schatten des Gartens auf irgendeinem Ball dorthin zurückgezogen – und es war ein derartig unscheinbares Ereignis, dass sie sich nicht einmal darauf besinnen konnte, wo genau es stattgefunden hatte. Alle, darunter auch ihre inzwischen verheirateten Freundinnen, sprachen immer wieder von den Freuden des Küssens, die Cecilia allerdings noch nicht erlebt hatte. Das hinderte sie allerdings nicht daran, sich in allen Einzelheiten über das Küssen und andere Handlungen zu informieren. Von ihrer Mutter würde sie diese wichtigen Informationen gewiss nicht erhalten, doch für eine Frau war es unerlässlich, bereits vor der Ehe über diese Dinge Bescheid zu wissen. Andernfalls wäre sie darauf angewiesen, sich von ihrem Mann instruieren zu lassen, und das schien ihr tatsächlich eine ungünstige Situation zu sein.

»Wo sind Ihre Gedanken abgeblieben?«, fragte die Nervensäge.

»Ich sollte wirklich aufhören, sie für eine Nervensäge zu halten«, entgegnete sie, ehe sie ihren Mund genau an der

Stelle ansetzte, an der seiner gelegen hatten, und einen Schluck Ale trank. Nun befanden sich ihre Lippen und ihre Zunge dort, wo die seinen gewesen waren. Ein weiteres Beben durchfuhr sie.

Er lachte. »Sie nennen mich die Nervensäge?«

»Vor fünf Jahren hat der Name perfekt zu Ihnen gepasst, und meiner Ansicht nach klingt es immer noch angemessen.«

»Nun, ich gestehe, dass ich Sie seit dieser Party die Zimtziege genannt habe.«

»Sie ... *Nervensäge*!« Sie stellte die Flasche auf den Boden und schlug ihm auf den Arm. Dann gab sie sich alle Mühe, nicht zu lächeln.

Er rieb sich den Bizeps. »Au. Sie sind kräftiger, als Sie aussehen. Ich hätte Sie wirklich bitten sollen, mir mit dem Holz behilflich zu sein.«

»Das hätte eher zu Ihrer Unhöflichkeit gepasst.«

»Ich bin nicht so«, entgegnete er leise und legte dabei die Stirn in Falten. »Na schön, bei Ihnen bin ich es vermutlich.« Er begegnete ihrem Blick. »Sie provozieren mich auf eine Weise, wie niemand sonst.«

Darauf blickte sie in seine haselnussbraunen Augen – die wirklich fesselnd waren – und vermochte ihre Aufmerksamkeit nicht mehr von ihm loszureißen. »Oh.« Aus unerfindlichen Gründen brachte sein Blick ihr noch deutlicher zu Bewusstsein, dass ihre Lippen sich genau an der gleichen Stelle wie seine befunden hatten.

Rasch führte sie das restliche Brot und den Käse zu Munde und richtete den Blick auf das Feuer. Nachdem sie geschluckt hatte, richtete sie das Wort an ihn: »Wo haben Sie diese Schlange gefunden?« Am besten wäre es, wenn sie sich weiter unterhielten, insbesondere über Dinge, die ihren Zorn auf ihn wieder anfachen würden, damit sie sich nicht mehr so ... zu ihm hingezogen fühlte.

»Etwa eine Stunde bevor wir uns zum Picknick und zum Bootfahren treffen wollten, schlenderte ich zum See hinunter. Ich fand sie im Gras und setzte sie in eines der Boote. Mein Plan war, einen meiner Freunde zu diesem Boot zu führen, doch dann waren Sie zuerst da. Nicht einen Augenblick hatte ich daran gedacht, dass eines von euch Mädchen rudern wollte.«

»Das ist eine schlechte Annahme.«

»Das habe ich inzwischen begriffen. Nie wieder werde ich das schöne Geschlecht unterschätzen und insbesondere nicht Sie.«

Sie schenkte ihm ihr kokettestes Lächeln. »Sie schmeicheln mir, Lord Cosford.«

Er grinste. »Für Sie heißt es Lord *Nervensäge*.«

Plötzlich verflog ihre ganze gute Laune. Er flirtete mit ihr. »Bitte hören Sie auf.«

»Was habe ich getan?«

»Sie sind *nett*.«

Er zog die dunklen Brauen zusammen. »Ich habe gesagt, dies sei mir lieber, als unsere gezwungenermaßen gemeinsame Zeit mit Streitereien zu verbringen.«

»Können Sie nicht einfach ... erträglich sein?« Sie unterdrückte ein Stöhnen, griff nach dem Ale und trank einen großen Schluck, ehe sie die Flasche auf den Boden zurückstellte. »Die Marmelade war ein wenig übertrieben«, lenkte sie ein und richtete ihre Aufmerksamkeit auf das Feuer. »Selbst wenn Sie die Absicht verfolgt hätten, *mich* in den See fallen zu sehen, steht es mir nicht an, dafür Rache zu üben. Ich habe zwei ältere Brüder und bin eher darauf konditioniert, genau das zurückzuzahlen, was ich habe einstecken müssen.«

»Danke.« Seine Stimme klang weich und warm. »*Zwei* ältere Brüder? Das kann nicht einfach gewesen sein.«

»Es konnte gelegentlich eine ziemliche Herausforderung

sein, wenn ich auch sagen muss, dass keiner der beiden eine Schlange in mein Boot, mein Bett oder einer anderen Stelle versteckt hat, an der ich zufällig darauf stoßen würde.« Cecilia drehte ihm den Kopf zu und bemerkte, dass er sie aufmerksam beobachtete. Als ob er fasziniert wäre. Als ob er nicht wegsehen könnte.

»Ich kann impulsiv sein«, gestand er leise zu. »Manchmal habe ich eine Idee, ohne sie zu durchdenken, oder ich reagiere impulsiv. Das galt besonders, als ich noch jünger war. Ich hoffe, inzwischen reifer geworden zu sein. Aus diesem Grund hat mein Vater mich für sechs Monate auf den Kontinent geschickt. Um, wie er sagte, ›mein Verhalten zu beruhigen‹.«

»Und hat es funktioniert?«

»Das dachte ich zunächst, doch Sie scheinen zu glauben, ich sei noch genauso schrecklich wie vor fünf Jahren.« Er schenkte ihr ein kleines Lächeln, ehe er in den Korb griff. Er holte eine Scheibe Brot und etwas Schinken hervor und fügte hinzu: »Ich wünschte, es gäbe Butter.«

»Mmm, ja«, murmelte sie und fühlte sich schrecklich unbeholfen. Und vielleicht auch ein bisschen reumütig. »Sie sind wirklich nicht mehr so schrecklich wie vor fünf Jahren. Ich glaube Ihnen die Sache mit der Spinne von gestern Abend. Es scheint, Sie haben nicht nur Schwierigkeiten, den richtigen Weg zu finden, sondern sind obendrein noch ungeschickt.«

Er stieß ein lautes, scharfes Lachen aus, das ihr ein Lächeln entlockte. »Sie haben mich völlig ausgeklügelt.«

Mit einem Mal wurde ihr ein wenig warm, doch sie wagte es nicht, die Decke zurückzuschlagen. Denn dann würde sie viel zu viel von sich preisgeben.

Sie verfielen in Schweigen, während er seinen Schinken und sein Brot verspeiste. Anschließend trank er noch einen Schluck Ale, und sie mühte sich, keinen Gedanken daran zu verschwenden, dass sein Mund jetzt an der Stelle lag, an der ihrer gewesen war.

Als er fertig war, stellte er die Flasche wieder auf den Boden. »Wenn die Marmelade schon eine Übertreibung war, dann war die Limonade geradezu boshaft. Daran gebe ich meinem leidenschaftlichen Naturell die Schuld. Es war ein bedauerlicher Vorfall.«

Leidenschaftliches Naturell? Sie musste sich daran erinnern, dass er einen Moment seines aufbrausenden Zorns gemeint hatte und sonst nichts.

»Sie haben wütend ausgesehen.« Sie blickte ihn an. »In Wahrheit fand ich Sie ein bisschen beängstigend.«

»Verdammt.« Das einzelne Wort war nur ein Flüstern, doch die tief empfundene Reue war deutlich spürbar. »Jetzt tut mir das Ganze doppelt leid. Dreifach. *Pfui.* Es gibt keine Entschuldigung dafür. Ich *war* wütend, was mein Betragen aber nicht entschuldigt.«

Ein kleiner Krümel hatte sich auf sein Kinn verirrt. Ohne nachzudenken, beugte sich Cecilia zu ihm und strich ihn weg, wobei sie mit ihren Fingerspitzen über seine Haut streichelte. Sein scharfes Einatmen hallte wie ein Gewehrschuss durch den kleinen Raum.

»Da war ein Krümel.« Sie hielt ihren Finger dicht vor seinen Mund, ohne ihn jedoch zu berühren, während ihre Gedanken vor Ungewissheit wirbelten. Was war geschehen?

Cecilia zog ihre Hand zurück und neigte den Kopf zum Feuer. »Würden Sie bitte nach dem Sturm sehen?«

»Auf jeden Fall.« Er sprang auf, als ob er in Flammen stünde.

Sie drückte die Daumen, dass es aufgehört hatte, zu schneien. Wenn nicht, fing sie an, das Schlimmste zu befürchten: dass sie ihm tatsächlich *Zuneigung* entgegenbringen würde.

KAPITEL 6

John kam nicht schnell genug vom Bett hoch. Beinahe hätte er ihre Fingerspitze in seinen Mund genommen, um Himmels willen. Dann hätte er sie gesaugt und geleckt, und sein Schaft wäre gänzlich steif geworden, anstatt nur die halbe Erektion zu zeigen, die er gerade hatte.

Kurz schloss er die Augen, als er an das Fenster trat, um still zu beten, dass es endlich aufgehört hatte, zu schneien.

Es schneite heftiger als je zuvor.

Wenigstens war es auf dieser Seite des Raumes kühler. Er würde einfach eine Minute – oder zehn – dort stehen bleiben, bis er seinen Körper wieder unter Kontrolle hatte.

In rasender Geschwindigkeit entwickelte sich die ganzen Situation zu einer Katastrophe. Es war nichts Unvorhergesehenes passiert, und das würde auch nicht geschehen. Mit ein wenig Glück wären sie in der Lage, alle anderen davon zu überzeugen, dass sie aufgrund des Sturm eingeschlossen gewesen waren und dieser unglückliche Umstand ihre Heirat aber nicht notwendig machte. Es gab allerdings auch Paare, die wegen weit weniger zu einer Eheschließung gezwungen worden waren.

Und er *hatte* Lust auf sie. Schockierend. Ungeheuerlich. Verzweifelt.

Sie war klug und gewitzt, und sie hatte ihre Fehler eingestanden. Lag überhaupt ein Grund vor, sich weiter gegen eine Heirat mit ihr zu sträuben?

Moment, wollte er sie etwa heiraten?

Nein. Nein, nein, nein. Nie könnte er die Zimtziege heiraten.

Aber was, wenn sie nicht wirklich eine Zimtziege war?

Wie er gerade festgestellt hatte, war sie das keineswegs. Er massierte sich den Kopf, in der Hoffnung, dann wieder klarer denken zu können.

»Was macht der Sturm?«, rief sie, womit sie seine Gedanken unterbrach und seinen Körper daran erinnerte, dass sie noch da war.

»Können Sie es glauben, dass es schlimmer geworden ist?« Er drehte sich vom Fenster weg, um erkennen zu müssen, dass sie die Decke bis zur Taille heruntergelassen hatte.

Sie blickte über die Schulter zu ihm hin und unternahm einen Versuch, die Decke schnell wieder hochzuziehen. Allerdings nicht ehe er einen Blick auf die blasse Haut ihres oberen Rückens und des Schulterblatts erhascht hatte. Er stellte sich vor, wie er sie dort küsste, und mit seiner Zunge über ihr seidenes Fleisch fuhr, bis sie in seinen Armen bebte.

Diese Fantasie war für die Unannehmlichkeiten, die der mit seinem Schaft hatte, nicht im Mindesten hilfreich.

Eigentlich sollte John am Fenster stehen bleiben, doch ihn fröstelte erneut. Er kehrte zum Bett zurück und setzte sich diesmal etwas weiter weg als zuvor.

Sie hatte das Essen wieder ihm Korb verstaut, den sie zugedeckt hatte. Er griff nach dem Ale und trank einen

Schluck. Er überlegte, ob er ihr die Flasche noch einmal anbieten sollte, aber er wollte keinen weiteren peinlichen Moment erleben, in dem sie darüber nachdachte, dass sie beide aus demselben Gefäß tranken.

»Ich habe mir überlegt, dass es wahrscheinlich keine Möglichkeit gibt, der Eheschließung zu entgehen«, meinte sie, und ihre Gesichtszüge waren von Enttäuschung geprägt.

Er stellte die Flasche erneut auf den Boden. »Das ist wahrscheinlich. Es tut mir leid.«

»Ich werde mich dagegen sträuben.« Sie warf einen grimmigen Blick in seine Richtung. »Keiner von uns beiden will das.«

In den frühen Tagesstunden hätte er ihr wohl noch zugestimmt, doch nun? Hatte er tatsächlich einen Meinungswandel vollzogen, oder dachte er nur mit seinem Schaft? Und wenn dem so wäre, was wäre so schlimm daran? Es gab schlimmere Gründe zu heiraten.

»Besteht keine Möglichkeit, dass Sie sich jemals zu mir hingezogen fühlen?«, fragte er, um ein wenig Heiterkeit zu verbreiten und gleichzeitig festzustellen, dass er ernstlich an ihrer Antwort interessiert war, da er in Bezug auf sie offenbar eine komplette Kehrtwendung durchgemacht hatte.

Sie drehte ihren Kopf zu ihm, ihre Nasenflügel blähten sich. »Auf keinen Fall!«

Nun sah er keinen Grund mehr, noch irgendetwas zu verheimlichen. Sie waren zusammen gefangen, und sie *war* kompromittiert. Ihre Heirat stand wahrscheinlich unmittelbar bevor. »Wäre es schockierend für Sie zu hören, dass ich mich zu Ihnen hingezogen fühle – sowohl körperlich als auch geistig?«

Sie starrte ihn an. »Ja. Warum?« Sie wedelte mit den Händen und geriet ins Stottern. »Schon gut, das will ich gar nicht wissen. Mir ist klar, dass diese Situation eine ... Versuchung suggeriert. Diese dürfen Sie aber nicht beachten. Es wäre gar nicht dazu gekommen, wenn ich nicht so einen törichten Versuch unternommen hätte, Sie abzuhängen. Sie würden mich weiterhin verabscheuen. Tatsächlich ist mir nicht begreiflich, warum Sie dies immer noch nicht tun. Ich habe versucht, Sie im Wald in die Irre zu leiten. Im Dezember.«

Es gelang ihr tatsächlich, seinen Zorn ein wenig anzufachen. Und überraschenderweise erregte ihn das. Sexuell. Er wollte sie bestrafen, indem er ihr demonstrierte, in welcher Weise sie sich zu ihm hingezogen fühlen *konnte*. Als sie behauptete, sich nicht zu ihm hingezogen zu fühlen, glaubte er ihr nicht. Er konnte ein leichtes Ticken an ihrem Hals erkennen, und auch das leichte Beben ihrer Hände. Seiner Einschätzung nach könnte sie womöglich nur wütend sein, doch sie hatte auch gezeigt, dass sie sich der – wie hatte sie sich ausgedrückt? – der Versuchung sehr wohl bewusst war.

Er atmete tief ein und aus. »Wenn Sie bestrebt sind, meinen Zorn zu entfachen, wird Ihnen das nicht gelingen. Allem Anschein nach *bin* ich reifer geworden. Ich habe bereits entschieden, dass ich Sie mag. Sie haben eine boshafte Ader, doch wir haben glaube ich festgestellt, dass diese nur bei mir zutage tritt. Ebenso wie mein ungebührliches Verhalten nur Ihnen gilt. Meiner Ansicht nach macht das unsere Verbindung zu etwas Besonderem, nicht wahr?«

Sie blickte ihn weiter an, wobei sie ihre köstlichen Lippen schürzte. »Nein, das glaube ich ganz und gar nicht. Meiner Ansicht nach, sind Sie unerwiderte Anziehung nicht gewohnt, was mich überrascht, bedenkt man, wie abscheulich Sie sein können.«

John lachte. Sie bemühte sich sehr, ihre Empörung und ihre Abneigung in den Vordergrund zu rücken. Das nahm er als weitere Bestätigung für seine Theorie, dass sie sich im Gegenteil zu ihm hingezogen fühlte. »Ich bin bei den Ladys eigentlich recht beliebt. Sie könnten meine italienische Geliebte fragen, wenn sie nicht so weit weg wäre ...«

»Nein, danke. So abstoßend ich Sie auch finde, kann ich mir Sie als vollendeten Wüstling vorstellen.« Sie sah ihn aus schmalen Augen an. »Das spricht nicht für Sie.«

Er seufzte. »Wir haben uns so wunderbar verstanden.«

Sie schniefte. »Bis Sie die Anziehung ins Gespräch gebracht haben. Das war nicht sehr diplomatisch von Ihnen.«

»Sie können nicht sagen, ich sei kein Gentleman gewesen. Zumindest habe ich Ihnen das Bier nicht über den Kopf gekippt.«

»Nein, das haben Sie nicht.«

Er beobachtete, wie sie lächelte – oder versuchte, nicht zu lächeln – und entspannte sich ein wenig. »Ich möchte Ihnen versichern, dass ich kein Wüstling bin. Ich benehme mich mit dem gebotenen Anstand und hoffentlich auch Charme. Mein Vater duldet nichts anderes.«

Sie warf ihm einen schelmischen Blick zu. »Hat er Sie wirklich auf den Kontinent geschickt, um zu reifen, oder vielleicht, damit Sie sich dort die Hörner abstoßen?«

John lachte. »Wahrscheinlich beides. Mein Vater gestand mir, dass es ihm lieber sei, wenn ich mein unangemessenes Verhalten weit weg von London ausleben würde. Er erwartet von mir, meinen Beitrag für die Regierung zu leisten und für einen Sitz im Unterhaus zu kandidieren, sobald ich dazu in der Lage bin.«

»Wollen Sie das?«

»Da ich eines Tages Herzog sein und im Oberhaus sitzen werde, verstehe ich meine Pflichten und akzeptiere sie«

Mit geschürzten Lippen schaute sie ihn an. »Das ist keine Antwort. Lassen Sie mich diese Frage anders formulieren. Fühlen Sie sich nur von der Pflicht getrieben?«

Er dachte einen Moment über die Frage nach. »Ja. Aber

auch nein. Ich will damit sagen, dass es einen Teil meiner Person verkörpert, und somit kann ich es nicht einfach ignorieren.«

»Aber Sie ziehen die Grenze, wenn es dazu kommt, die Frau zu heiraten, die Ihre Eltern für Sie ausgewählt haben, nicht wahr?«

»Vermutlich tue ich das«, entgegnete er langsam. »Ich hatte gehofft, sie selbst auswählen zu können.«

»Das ist ein gemeinsamer Nenner, auf den wir uns einigen können.«

»Oje, sind wir jetzt Freunde?«, fragte er lächelnd.

»Noch nicht.«

Noch nicht. Nun, das klang vielversprechend. »Aber wir haben mit der Vergangenheit abgeschlossen, nicht wahr? Wir haben die Verantwortung für unsere Taten übernommen, uns entschuldigt und die Entschuldigung des anderen akzeptiert.«

Sie zauderte. »Vermutlich. Das ist aber kein Beweis für meine Bereitschaft mich zu einer Ehe mit Ihnen zwingen zu lassen.«

»Das gilt auch für mich.« Gleichwohl allmählich der Glauben in ihm aufkeimte, dass es ihm gar nicht so schwer fallen würde.

»Wie alt sind Sie?«, fragte sie und drehte sich ein Stück zu ihm um, wobei sie die Hände noch immer in der Decke über ihrem Busen vergrub.

»Dreiundzwanzig.« Er wusste, dass sie zwanzig war. »Warum?«

»Das scheint mir sehr jung für einen Mann, der in eine Ehe gedrängt wird.«

»Meinem Vater liegt viel daran, die männliche Linie zu sichern.«

»Man erwartet also, dass ich sofort Kinder in die Welt

setze.« Sie verdrehte die Augen und lockerte den Griff um die Decke. »Wunderbar.«

John konnte jetzt die Haut über ihrem Korsett erspähen. Wieder stellte er sich vor, seinen Mund auf sie zu legen und ihrer Kehle ein lustvolles Stöhnen zu entlocken, während sich ihr Körper an seinen presste.

Jäh sprang er vom Bett auf. »Wir brauchen mehr Holz.«

Er rannte praktisch aus der Hütte, ohne sich umzublicken.

~

Cecilia blickte auf die geschlossene Tür. Was war geschehen?

»Es gibt genug Holz«, murmelte sie vor sich hin und betrachtete den ordentlichen Stapel, den er vorhin in der Ecke aufgeschichtet hatte.

Außerdem hatte er nicht einmal seinen Umhang an, geschweige denn einen Hut dabei. Wenn der Sturm so schlimm war, wie er behauptete, wäre er im Handumdrehen durchnässt. Dann käme er wieder herein und müsste weitere Kleidungsstücke ausziehen, worauf sie ihm dann wahrscheinlich ihre Decke überlassen müsste. Also würde er dann weniger anhaben und sie wäre mehr entblößt.

Hitze durchströmte ihren Körper, und schockiert bemerkte sie ein Kribbeln in den Brüsten. Sie fühlte sich zu ihm hingezogen, verflixt noch mal.

Mit diesen verführerischen haselnussbraunen Augen und den wohlgeformten Gesichtszügen war er mehr als gutaussehend. Darüber sah er sie an wie ein Verdurstender ein Glas Wein. Oder als wäre sie etwas ganz Besonderes.

Zudem duftete er himmlisch nach Sandelholz und Gewürzen. Sie wollte sich dicht an ihn schmiegen, um sich von seiner Umarmung und seinem Duft einhüllen zu lassen.

Nein, das konnte nicht ihr Ernst sein!

Sie stand auf und trat an das Fenster, um sich zu vergewissern, ob der Sturm anhielt. Was, wenn er sie angeflunkert hatte, damit sie beide hier zusammenblieben?

Das hatte er freilich nicht getan. Der Schnee lag sehr dick und noch immer schneite es heftig. Er mochte sich zu ihr hingezogen fühlen, aber sie würde wetten, dass seine Gefühle im Widerstreit zu seinen Wünschen standen. Zumindest erging es ihr so.

Aber warum? Er war nicht furchtbar. Zumindest war er *heute* nicht furchtbar. Sie hatten sich gut amüsiert, bis er die zunehmende Verbindung zwischen ihnen angesprochen hatte. Konnten sie das nicht einfach außer Acht lassen?

Du bist allein mit ihm in einer kleinen Hütte und halb entkleidet.

Vielleicht sollte sie es dann akzeptieren. Er hatte recht – sie waren so gut wie verlobt. Niemals würden ihre Eltern ihr erlauben, sich vor einer Heirat mit ihm zu drücken. Es schien, als sollte sie das Beste daraus machen. Oder dies zumindest versuchen.

Beim Holzholen hatte er sich wirklich Zeit gelassen.

Cecilia wandte sich vom Fenster ab, als sich die Tür öffnete. Cosford kam herein und trug einen Arm voll Brennmaterial. Sie beobachtete, wie er es zu dem bereits vorhandenen Stapel brachte.

»Warum mussten Sie das Holz holen?«, fragte sie, ohne sich zu rühren.

Nachdem er seine Last abgesetzt hatte, richtete er sich auf, fuhr sich mit der Hand durch sein feuchtes Haar und ließ Wassertropfen in die Luft spritzen. »Ich gehe lieber jetzt als später nach draußen.«

Später. Dachte er vielleicht, sie würden eine Weile hierbleiben? Womöglich sogar über Nacht? »Sie hätten wenigstens einen Hut tragen sollen.« Sie trat auf ihn zu und bemerkte, dass seine Weste ebenso feucht geworden war wie seine Hemdsärmel.

»Wahrscheinlich«, murmelte er.

»Ziehen Sie Ihre Weste aus und hängen Sie sie zum Trocknen auf.«

Er drehte den Kopf und blickte sie mit funkelnden Augen an, wobei er den Mund leicht schürzte. »Ich bin mir nicht sicher, ob das klug ist.«

»Ob klug oder nicht, Sie werden sich erkälten. Am besten sollten Sie auch Ihr Hemd ausziehen, aber womit sollten wir Sie bedecken, damit Sie nicht auskühlen? Vermutlich kann ich Ihnen die Decke überlassen, während Ihre Kleider trocknen. Ich gestehe, dass mir vor dem Feuer ziemlich warm geworden ist.«

Cecilia trat auf ihn zu und ließ einen Zipfel der Decke los, sodass die Decke über ihren Arm hinabglitt und hinter ihren Rücken rutschte. Die kühle Luft überraschte sie – ihr war nicht mehr so warm, da sie einige Minuten am Fenster gestanden hatte.

Seine Nasenflügel blähten sich, während er die Aufmerksamkeit auf ihr Gesicht richtete. »Nein, tun Sie das nicht.« Dann atmete er scharf aus und fuhr sich erneut mit der Hand durch das Haar, wobei er die dunklen Strähnen auf eine irritierend attraktive Weise zerzauste. Warum konnte er nicht abstoßend sein? »Ich bin hinausgegangen, weil ich übermäßig erregt gewesen bin, und ich es für das Beste hielt, wenn ich mich zusammenreißen würde.«

Das Verlangen durchströmte Cecilia und ließ sie auf eine Weise erzittern, die nichts mit der Kälte zu tun hatte. »Wahrscheinlich sollten Sie dennoch Ihre Weste ausziehen«, murmelte sie. Sie griff nach der Decke in ihrem Rücken, um die eine Seite wieder über ihre Schulter zu ziehen, doch sie konnte sie nicht ganz erreichen. Plötzlich fühlte sie sich überaus unbeholfen.

Er streckte die Hand hinter sie und zog die Decke hoch. Dabei streifte er mit dem Daumen über die nackte Haut ihres Schlüsselbeins. »Es tut mir leid, dass Sie sich unbehaglich fühlen. Das ist so verdammt unangenehm.«

Sie schlang die Decke um sich und schaute ihm in die Augen. »Sie brauchen sich nicht entschuldigen. Das ist alles meine Schuld.«

»Um ehrlich zu sein, hätten wir uns wahrscheinlich ohnehin verlaufen, insbesondere, wenn Sie Ihre Perlen nicht verteilt hätten. Wir hätten in der Nähe der Kutschen bleiben sollen.« Sein Gesichtsausdruck drückte Verlegenheit aus. »Ich hatte den größten Baum finden wollen.«

»Weil Sie wettbewerbsorientiert sind.« Auf sein Nicken hin nickte auch sie. »Ebenso wie ich.«

»Vielleicht haben wir mehr Gemeinsamkeiten, als uns bewusst ist.« Er erzitterte, doch dann verzog er das Gesicht. »Na schön, dann ziehe ich meine Weste aus.« Er knöpfte das Kleidungsstück auf, zog es aus und hängte es an einen der Haken.

Cecilia bemühte sich, nicht auf die Bewegungen seines Körpers unter dem Hemdstoff zu starren. Sie konnte sein Muskelspiel und die Geschmeidigkeit seiner Schultern erkennen, als er die Weste aufhängte. Noch ehe er sich umdrehen konnte, nahm sie eiligst noch einmal auf dem Bett Platz, damit er sie nicht dabei ertappte, wie sie ihn beobachtete.

Allmählich ging ihr auf, warum ein Sprung hinaus in die Kälte diese beunruhigende Anziehungskraft, die sie für ihn empfand, besänftigen konnte. »Hat es geholfen?«, fragte sie.

Er setzte sich auf das Bett – natürlich auf der anderen Seite des Korbes, der eine Barriere zwischen ihnen bildete. »Was soll geholfen haben?«

»Hinauszugehen.«

Mit einer Hand strich er sich über den Oberschenkel.

Jetzt richtete sie den Blick auf seinen muskulösen Oberschenkel. »Ach, ja. Aber wie ich fürchte, war die Wirkung lediglich vorübergehend.«

Ein weiterer Hitzeimpuls erfasste sie, worauf sie ihre Aufmerksamkeit auf das Feuer richtete. »Oh.« Sie versuchte zu vergessen, dass nur der Korb sie trennte und sein Oberkörper nur von einem Hemd bedeckt war. Irgendwie brachte sie den Mut auf, die Frage zu stellen, auf die sie eigentlich keine Antwort hören wollte: »Meinen Sie, wir werden die Nacht hier verbringen?«

»Das halte ich für möglich.« Er sprach langsam, fast zaudernd, und dann schaute er sie an. »Entschuldigung.«

Diese Antwort hatte sie erwartet, wenn sie auch immer noch hoffte, dass sie entkommen konnten. Doch wozu? Nun waren sie bereits lange Zeit unter sich. Zu ihrer großen Verzweiflung ließ sich daraus nur eine Schlussfolgerung ziehen. »Dann werden wir also definitiv heiraten.«

Er drehte sich zu ihr um, und seine Züge waren von Sorge gezeichnet. »Sie klingen verzweifelt. Ich verspreche Ihnen, dass ich gar nicht so schlimm bin. Niemals wieder werde ich Ihr Boot zum Kentern bringen oder Ihnen ein Getränk über den Kopf kippen. Ich kann allerdings nicht schwören, dass mir so etwas Ungeschicktes wie gestern Abend mit dem Wein nicht noch einmal passiert. Und wie wir festgestellt haben, bin ich eine absolute Niete, wenn es darum geht, mich in fremdem Terrain zu orientieren. Das wird – fürchte ich – zu Ihren Aufgaben gehören.«

»Das klingt, als seien wir Partner und trügen beide Verantwortung.«

»Und warum nicht? Ich gebe gerne zu, dass es wahrscheinlich eine Menge Dinge gibt, die Sie besser können als ich.«

Sie drehte sich zu ihm um. »Wie zum Beispiel?«

»Nähen?«

»Ich kann leidlich gut nähen. Wahrscheinlich sind Sie im Schießen besser als ich. Das gebe ich zu. Wie steht es mit dem Tanzen?«

»Ich tanze gern, aber auch bei dieser Disziplin kann ich ein wenig unbeholfen sein.« Er schürzte die Lippen, als sie einen Blick auf das Feuer warf. »Über meine körperliche Ungeschicklichkeit habe ich mir bislang noch keine Gedanken gemacht. Ich fürchte, Sie werden mir verraten müssen, was Sie nicht gut können, damit ich mich besser fühle.« Er grinste sie an, und ihr Herz vollführte einen kleinen Satz.

»Küssen.« Gütiger Himmel, warum hatte sie das gesagt? Das hatte sie ganz bestimmt nicht beabsichtigt.

Er riss die Augen auf. »Haben Sie große Erfahrung?«

»Nein. Bislang habe ich nur einen Gentleman geküsst, was jedoch nicht sehr angenehm gewesen war. Daraus muss ich schließen, dass ich schlecht darin bin.«

»Oder Sie haben es einfach nicht richtig gelernt.« Sein Blick ruhte auf ihrem Mund.

Ihre Lippen kribbelten. Mit der Zunge leckte sie nun über die Unterlippe und ließ sie dort für einen kurzen Moment verweilen.

Cosford stöhnte. »Sie wissen wirklich, wie man einen Mann reizt.«

Sie holte tief Luft. »Das war nicht meine Absicht.«

»Nein, das kann ich mir vorstellen. Sind sie noch unschuldig?«, fragte er.

Sie nickte. »Ich weiß, was ... passiert. Ich habe Dinah dazu gebracht, mich einzuweihen, nachdem sie Spetch geheiratet hat.«

Seine Augen weiteten sich vor Beunruhigung. »Grundgütiger, ich will gar nicht hören, was die Frau meines besten Freundes über Geschlechtsverkehr zu sagen hat. Verzeihen Sie meine Ausdrucksweise.«

Kichernd presste Cecilia ihre Hand auf ihren Mund. Nach einem Moment ernüchterte sie und ließ die Hand auf ihren Schoß sinken. »Nein, ich glaube nicht, dass Sie das hören wollen.«

Er schaute sie an und seine Augen glühten von einer Hitze, die Cecilias allgegenwärtige Erregung nur noch mehr anfachte. »Soll ich Ihnen beibringen, wie man küsst?«

»Das setzt voraus, dass Sie würdig sind, mich zu unterrichten.« Sie schenkte ihm ein halbes Lächeln, um deutlich zu machen, dass sie dies als Scherz meinte.

»Sie *sind* eine Nervensäge«, murmelte er, während er sie weiter mit seinem Blick liebkoste. »Wie wäre es, wenn ich Sie küsse, und falls Sie den Akt zufriedenstellend finden, kann ich Ihnen dann zeigen, wie es geht? Da Sie Ihren vorherigen Kuss als mangelhaft eingestuft haben, werden sie meiner Ansicht nach in der Lage sein, sich ein Urteil darüber zu bilden, ob mein Kuss mehr nach Ihrem Geschmack ist.«

Jedes von ihm artikulierte Wort ließ ihre Haut kribbeln und weckte ihr Verlangen. Sein Kuss würde aufregend sein, da könnte sie wetten. Eigentlich sollte sie nein sagen, doch warum, wenn sie wahrscheinlich ohnehin heiraten würden? Besser wäre es, die Kontrolle in dieser Situation zu behalten und sie so gut als möglich zu meistern.

»In Ordnung.« Cecilia hob den Korb auf und stellte sich weit entfernt vom Feuer neben das Bett.

»Darf ich dich küssen?« Er bewegte sich ein wenig auf sie zu, und sie auf ihn.

»Ja.« Sie schloss die Augen und wartete.

Das Bett knarrte, als er sich ihr näherte. Sanft legte er eine Hand um ihr Gesicht. »Öffne deine Augen, Cecilia.«

Als sie daraufhin die Augen aufschlug, erkannte sie, wie nahe sie ihm war. Der innere Teil seiner Iris war ganz grün. »Warum? Ich dachte, man küsst mit geschlossenen Augen.«

»In der Regel schon, aber mir ist es wichtig, dass du das

Küssen nicht als etwas ansiehst, das dir widerfährt. Ein Kuss ist eine gemeinsame Handlung zwischen uns beiden und eine Erfahrung, die wir zusammen erleben.« Mit seinem Daumen streichelte er ihr über die Wange. »Als dieser Schurke dich geküsst hat, hat er da seine Zunge zum Einsatz gebracht?«

»Ja. Es war schleimig.«

Als er daraufhin lächelte, reagierte ihr Körper vor lauter Erregung abermals mit einem Beben. »Das ist bedauerlich.« Er ließ seinen Daumen tiefer wandern und glitt über ihre Lippen.

Ihr Atem beschleunigte sich, und der Takt ihres Herzschlag nahm zu. »Was machst du da?«

»Deine Lippen faszinieren mich. Sie sind so prall und rosa. Ich möchte sie lecken und beißen.«

Sie legte den Kopf ein wenig zurück. »Beißen?«

»Nicht schmerzhaft. Gegen Ende des Kusses werde ich es dir demonstrieren. Bist du bereit?«

Des Sprechens unfähig antwortete sie mit einem Nicken. Er senkte den Kopf und ganz leicht strich er mit seinen Lippen über ihre. Sie schloss die Augen nicht. So flüchtig die Berührung auch war, durchlief sie die Empfindung mit der Wucht eines durchgangenen Pferdes. Wild. Gefährlich. Befreit.

Cecilia bemerkte, wie sie sich an die Matratze klammerte, als ob sie verhindern wollte, von einer Klippe zu stürzen. Dann ließ sie von der Matratze ab, um die Handflächen darauf abzulegen. »Darf ich dich berühren?«

»Bitte. Tu dir keinen Zwang an.« Seine Stimme war tiefer geworden.

Sie hatte keine Ahnung, wie sie das anstellen sollte. »Ich will nichts Falsches tun.«

Ein weiteres Lächeln huschte über seine Lippen. »Das

wirst du nicht. Das könntest du gar nicht, das versichere ich dir.«

Sanft führte er eine Hand zu ihrem Hinterkopf und küsste sie erneut. Diesmal war sein Kuss jedoch weder flüchtig noch leicht. Fest presste er seine Lippen auf ihre, während er ihren Hinterkopf in seiner Handfläche wiegte. Sie hob die Hände zu seinen Schultern, die noch feucht waren. So wanderte sie zu seinem Hals weiter und ließ ihre Fingerspitzen auf seinem Fleisch oberhalb des Kragens ruhen.

Dann schloss sie die Augen, als sein Mund über den ihren wanderte. Mit seiner anderen Hand glitt er unter die Decke und umfasste ihre Taille.

Er löste seine Lippen von ihren, um sie dann in einem neuen Winkel wieder mit ihren zu verbinden. Dies war bereits unendlich viel besser als ihr anderer Kuss.

Dann drang er mit seiner Zunge in ihren Mund, und sie spannte sich in der Erwartung, es könnte ihr nicht gefallen. Doch dem war nicht so. In dem Moment, als ihre Zungen sich berührten, fühlte sie sich von einem köstlicher Lustschauer durchströmt. Es bestand einfach kein Vergleich zu ihren früheren Erfahrungen.

Und das war die *Landplage*.

Er verlockte sie, seinen Kuss zu erwidern, indem er mit einer Hand ihre Taille massierte, während er sie leckte und in ihren Mund drang. Sie ahmte seine Handlungen mit ihrer Zunge nach und fasste ihn beim Hemdkragen, wo sie ihn festhielt, während sie sich in seiner sinnlichen Umarmung zu verlieren begann.

Verlieren?

Oh, ja. Dies war schrecklich unzüchtig von ihnen. Aber was sollten sie sonst mit ihrer gemeinsamen Zeit anfangen? Insbesondere, wenn sie letzten Endes ohnehin gezwungen würden, zusammen zu bleiben. Cecilia freundete sich allmählich mit dem Gedanken an, dass ihr dies nichts ausmachen würde.

Ein köstlicher Schauer jagte ihr über den Rücken, als er mit einer Hand zu ihrem Hals hinabglitt, während er seine andere Hand zu ihrem Rücken führte und seine Fingerspitzen sich in ihre Unterwäsche drückten. Dann schlossen sich seine Zähne sanft um ihre Unterlippe und zogen daran, als er seinen Mund ein wenig von ihrem zurückzog.

Ganz langsam schlug sie die Augen auf, während sie sich vor lauter Verlangen benommen fühlte. Sie erkannte, dass er sie aus schmalen Augen beobachtete. »War das ein Biss?«, fragte sie mit heiserer Stimme leise. Es klang, als hätte sie seit Tagen nicht mehr gesprochen und ganz bestimmt seit einigen langen, spektakulären Minuten nicht mehr.

»Gewissermaßen.« Er öffnete die Augen einen Spalt mehr. »Ich hoffe, dies war ein besserer Kuss?«

Widerwillig löste sie sich von ihm und ließ die Hände in den Schoß sinken. »Ich muss daraus schließen, dass mein früheres Erlebnis nicht einmal als Kuss zu bezeichnen war. Was du gerade getan hast, war ... erhaben. Es schockiert mich allerdings, dass du das warst.«

Grinsend nahm er die Hand von ihrem Kopf, während seine andere Hand auf ihrem Oberschenkel ruhte. »Weil ich eine Nervensäge bin?«

»Ganz genau.« Ihr Körper pulsierte vor Verlangen. Sie wollte nicht von ihm ablassen. Sie wünschte sich, dass seine Hand, die auf ihrem Schenkel lag, sich weiter bewegte. Am liebsten wäre es ihr zwischen den Beinen. »Was unternimmst du nach solch einem Kuss?«

Leise schmunzelnd auf das blickte er auf das Bett hinab und fixierte sie dann mit einem dunklen, sinnlichen Blick. »Willst du mich foltern?«

»Nein. Entschuldigung, aber ich bin neugierig. Ich könnte

dir nur sagen, was ich von Dinah weiß, doch du hast mir bereits gesagt ...«

Abermals küsste er sie heftig und rasch, ehe er sich dann lachend zurückzog. »Nein, bitte nicht. Ich werde dir darüber erzählen. Oder ich zeige es dir. Was wäre dir lieber?«

Die Erregung pulsierte nun noch stärker in ihr und ihre Brüste fühlten sich schwer an, während ihr Geschlecht ... pochte. Diese neuen Empfindungen waren absolut beunruhigend und gleichzeitig aufregend. »Da wir anscheinend nirgends sonst hinkönnen und wir auch keine andere Beschäftigung haben, mache ich den Vorschlag, du zeigst es mir.«

Tief aus seiner Kehle stieg ein heiserer Laut auf. »Du weißt schon, was du da verlangst?«

Sie nickte. Dann griff sie hinter sich und machte sich daran, die Bänder ihres Korsetts zu lockern.

Ein Funkeln trat in seine Augen. »Was tust du da?«

»Sollte ich nicht wenigstens mein Korsett ablegen?«

»Das solltest du eigentlich *nicht*, aber ja.«

Ein Lachen entfuhr ihr, als sie den Kopf nach vorn neigte. »Gerade hast du dir selbst widersprochen.«

»Ich befinde mich in einem unaussprechlichen Zwiespalt. Ich wünsche mir nichts sehnlicher, als dass du dein Korsett zusammen mit sämtlichen anderen Kleidungsstücken, die du am Leibe trägst, ablegst. Allerdings sollte ich mir das wirklich nicht wünschen.«

»Wünschen ist eine Sache. Sie in die Tat umzusetzen eine andere. Meiner Ansicht nach ist es vollkommen in Ordnung, wenn du dir dies wünschst. Vermutlich sollte ich das nicht *tun*.« Währenddessen hatte sie nicht aufgehört, an ihrem Korsett zu zupfen und konnte nun fühlen, wie sich das Kleidungsstück allmählich lockerte. Sie zog seitlich daran und vergrößerte den bereits entstandenen Spalt. Dann bewegte sie den Oberkörper hin und her und zog es sich über den

Kopf. Nachdem sie das Korsett anschließend auf die Bettkante gelegt hatte, blickte sie zu Cosford zurück. »Offenbar hätte ich es trotzdem getan. Ich war kurz davor ...«

Noch einmal küsste er sie und er legte die Hände um ihr Gesicht, während er seinen Mund mit leidenschaftlicher Intensität über den ihren streifen ließ. Mit seinen Handflächen glitt er langsam an ihrem Hals hinunter und streichelte über ihre Schlüsselbeine. Dann führte er seinen Weg nach unten fort, bis er über ihre Brüste glitt. Es war nicht mehr als eine hauchzarte Berührung als er mit seinen Händen über ihre Brustwarzen strich, die sich daraufhin unter ihrem Unterkleid aufrichteten und sich nach mehr Aufmerksamkeit sehnten.

Inbrünstig erwiderte sie seinen Kuss und platzierte ihre Hände auf seinen Schultern, wobei sie erneut vergaß, dass diese noch feucht waren. Dann umklammerte sie wieder seinen Hals und kam zu dem Schluss, dass sein Krawattenschal überflüssig war. Sie band den Knoten am Hals auf, streifte ihn ab und schleuderte ihn hinter sich. So konnte sie die Hände in sein Hemd schieben und seine warme Haut unter ihren Fingern spüren.

Doch dann legte er seine Hände um ihre Brüste, deren Erkundung er fortsetzte. Durch ihr Unterkleid streifte er mit den Daumen ihre Brustwarzen. Sie keuchte in seinen Mund, als sie von dieser Empfindung überwältigt wurde.

Er zog sich zurück. »Ist das zu viel?«

»Nein.« Abermals packte sie seine Schultern mit festem Griff. »Nicht genug. Ich will ... mehr.« Sie sah ihm mit einer Gewissheit in die Augen, die sie schockierte. »Ich will alles.«

KAPITEL 7

Eine heftige Lust pulsierte durch seinen Körper. Johns Herzschlag pochte so laut in seinen Ohren, dass er des Denkens nicht mehr fähig war. Vielleicht lag das aber auch an ihrer ungemein aufreizenden Art, in anzusehen, als würde sie verzweifelt nach seiner Berührung suchen. Es sah ganz so aus, als sei sie mindestens ebenso verzweifelt nach ihm wie er nach ihr.

Mit einer Willensstärke, die ihn überraschte, löste er seine Hände von ihr und rollte sich auf dem Bett zurück. Das war ein Fehler. Auf diese Weise konnte er die Situation nicht zu seinem Vorteil nutzen.

Sie runzelte die Stirn. »Was stimmt denn nicht?«

»Wir wagen uns in gefährliches Gebiet vor, aus dem es keine Umkehr für uns gibt. Er musste schlucken, so trocken war seine Kehle. Dann fiel ihm das Ale neben dem Bett ein und er nahm die Flasche in die Hand, um einen großen Schluck zu trinken, ehe er sie wieder auf dem Boden abstellte.

»Haben wir das nicht schon getan?«, fragte sie ironisch. »Allein dadurch, dass wir hier nur zu zweit zusammen sind.«

Ja, diese Feststellung hatten sie bereits getroffen. »Es besteht eine äußerst geringe Chance, unsere Eltern davon überzeugen zu können, uns nicht unter Zwang zu verheiraten. Jedoch würde das auch voraussetzen, dass alle Teilnehmer der Hausparty sich mit einem Schwur verpflichten, niemandem zu verraten, dass wir beide eine Nacht allein verbracht haben.«

»Wir gehen also davon aus, die Nacht hier zu verbringen?«

»Das müssen wir, glaube ich.« John konnte sich nicht vorstellen, dass irgendjemand bei diesem Sturm nach ihnen Ausschau halten würde. Hoffentlich machten sich die anderen nicht allzu viele Sorgen um sie. Seine Mutter war höchstwahrscheinlich verzweifelt, und er konnte sich nur zu gut vorstellen, wie Cecilias Eltern sich fühlen mussten. Wäre John ihr Vater, würde er hoffen und beten, dass sie in Sicherheit und im Warmen war, selbst wenn dies eine Gefährdung ihres untadeligen Rufs mit sich brachte. Es stellte sich allerdings die Frage, ob dies überhaupt eine Rolle spielte, wenn der Mann, der sie kompromittierte, gleichzeitig der war, mit dem man sie von vornherein verheiraten wollte.

John schüttelte den Kopf, um seine Gedanken zu klären, ehe er sich noch in weitere Hirngespinste verstieg. »Ich muss dich fragen, ob du zu einer Eheschließung gewillt bist? Denn für den Fall, dass das nicht der Fall ist, begebe ich mich auf die andere Seite des Bettes.«

Er würde sogar auf dem Boden schlafen. Wenn er überhaupt schlafen könnte. Aufgrund der Unannehmlichkeiten, weder ein Bett oder gar Bettzeug zu haben, was noch zu unbefriedigtem Verlangen hinzukam, bezweifelte er, Ruhe finden zu können.

Leichte Falten zeichneten sich auf ihrer Stirn ab und sie schaute auf ihren Schoß hinunter. »Ich hatte gehofft, mich zu verlieben. Das gestehe ich.«

Sie war eine Romantikerin. Und dafür schien sie sich zu schämen. »Daran ist nichts auszusetzen.«

Erneut schoss ihr Kopf hoch. »Ach nein? Mein Vater findet dies zumindest ausgesprochen lästig.«

»Er ist also kein Romantiker«, stellte John fest.

»Bist du einer?«

John würde sich nicht als solcher beschreiben. Bislang hatte er sich nicht allzu viele Gedanken über Liebe gemacht. »Aller Wahrscheinlichkeit nach bin ich das nicht. Allerdings bin ich auch noch nie einer Frau begegnet, die mich veranlasst hat, über solche Dinge nachzudenken oder die meine große Bewunderung ausgelöst hat. Bis jetzt.«

Ihre Augen weiteten sich. »Du bewunderst mich?«

»Schon seit fünf Jahren.«

Mit einem kleinen Lachen hob sie ihre Hand. »Moment. Du hast mich bewundert, als wir uns kennengelernt haben? Wie ist das möglich?«

»Du hast etwas gesagt, das mir im Gedächtnis geblieben ist: Wenn du auf jemanden zielst, dann schieße nicht daneben.«

«Das ist dir in Erinnerung geblieben?« Wieder lachte sie. »Damit wollte ich nur sagen, dass ich auf dich ziele, und nicht verfehle.«

»Mit großem Erfolg, in der Tat. Meine Arroganz hat verhindert, das zu erkennen. Er streckte die Hände in Richtung Feuer. Die feuchten Schultern seines Hemdes brachten ihn ab und an zum Frösteln. Er fragte sich, ob es nicht vielleicht besser gewesen wäre, das Hemd ganz auszuziehen. Dann würde er hier jedoch ganz ohne Hemd sitzen. Sie hatte allerdings ihren Wunsch zum Ausdruck gebracht, ihre Erkundungen fortzusetzen. Spielte es da eine Rolle, was er trug? Oder nicht trug?

Warum zauderte er? Ihr Schicksal war so gut wie besiegelt. Das bedeutete, dass sie tun und lassen konnten, was ihnen beliebte. Trotzdem zögerte er.

Denn inzwischen hatte er bereits begonnen, sich ernsthaft für sie zu interessieren. Da er nun wusste, dass sie auf eine Liebesheirat hoffte, stand seiner Ansicht nach zu befürchten, dass er sie zu etwas trieb, das sie gar nicht wollte. Seiner Vermutung nach würde sie ihm entgegenhalten, dass die ganze Misere ohnehin ihr Verschulden war.

Er richtete sich auf und richtete das Wort an sie, als befänden sie sich in voller Gala-Robe in einem Salon, wobei er ihr einen Besuch abstattete. »Ich frage mich, wie die Dinge lägen, hätten wir uns unter anderen Umständen getroffen. Oder um es mit anderen Worten auszudrücken, wenn ich die Schlange nie in das Boot gesetzt hätte. Ich weiß noch, wie ich dich vor fünf Jahren für die hübscheste junge Lady auf der Hausparty gehalten habe.«

»Wirklich?« Sie warf ihm einen verschmitzten Blick zu. «Ich erinnere mich, dass du der attraktivste der jungen Männer warst. Ich habe meinen Freundinnen glaube ich gesagt, dass ich wahrscheinlich zu deiner Arroganz beigetragen habe – dass du attraktiv warst und das auch wusstest. Und du dies aller Wahrscheinlichkeit nach zu deinem Vorteil nutzen würdest.«

»Um mit Streichen wie dem Kentern von Booten ungestraft davonzukommen?«

»Ganz genau. Ich hatte mich nicht darauf einlassen wollen, mich einzig und allein vom Aussehen eines Mannes jemals bezaubern zu lassen. *Echten* Charme hast du damals jedenfalls nicht versprüht.«

»Wir waren ja auch nicht dort, um mit einer von euch jungen Ladys eine Verbindung einzugehen. Damals waren wir jungen Männer alle um die achtzehn, und ihr wart wie alt, fünfzehn? In diesem Alter ist das ein frappierender Unterschied.«

»Ihr wart Männer, und wir waren fast noch Mädchen.«
Sie schürzte die Lippen. »Aber ich würde behaupten, dass ein
fünfzehnjähriges ›Mädchen‹ reifer ist als ein achtzehnjäh-
riger ›Mann‹.«

Er lachte. »Da magst du recht haben. Wir beide müssen
uns wohl damit abfinden, dass unsere Begegnung vor fünf
Jahren wahrscheinlich nie weitergeführt hätte, als uns gegenseitig schön zu finden. Hätte ich die Schlange aber nicht in
das Boot gelegt, würdest du mir keine Marmelade in die
Stiefel gegeben haben und ich hätte dir die Limonade nicht
über den Kopf gekippt. Dann wäre unsere Begegnung auf
dieser Party vielleicht ganz anders verlaufen.«

»Das ist sicher. Wir müssen davon ausgehen, dass unsere
Eltern trotzdem versucht hätten, uns zusammenzubringen.
Vielleicht wären wir zu dieser Party gekommen, um
einander näherzukommen.«

»Wäre es für dich so gewesen?« Es überraschte ihn, dass
er dies unbedingt wissen wollte – und er hoffte, sie würde
mit Ja antworten.

»Das ist schwer zu sagen. Meine Mutter versucht nun
schon seit fast einem Jahr, mich mit dem einen oder anderen
Gentleman zu verkuppeln.« Sie sah ihn an und ein kleines
Lächeln umspielte ihre Lippen. »Ich gestehe, ihrer Versuche
überdrüssig geworden zu sein.«

»Hat dir keiner der Gentlemen gefallen?«

»Nicht so sehr, als dass ich ihn hätte heiraten wollen. Mir
war klar, dass ich sie nicht lieben würde. Scheinbar kann
meine Mutter nicht erfassen, welchen Gentleman ich mögen
könnte.«

»Du meinst, ich sollte mich in dich verlieben.« Er legte
den Kopf schief. »Auf welche Art?«

Seufzend blickte sie zum Feuer. »Ich bin mir nicht sicher,
ob ich das explizit in Worte fassen kann. Ich bin auf der
Suche nach einem ... Gefühl. Einige der Gentlemen waren

recht zuvorkommend.« Wieder lenkte sie den Blick zu ihm. »Du hast mich nicht mit Getränken bombardiert.«

John fuhr zusammen. »Ich war mit dem falschen Fuß aufgestanden. Ich gelobe, mich in der Regel umgänglich zu geben und wie ein Gentleman zu betragen.« Abrupt stand er auf. »Sollen wir so tun, als würden wir uns gerade zum ersten Mal begegnen?«

Sie zog die Brauen zusammen. »So wie wir angezogen sind?«

»So wie wir ausgezogen sind.« Er grinste. »Stell dir vor, wir trügen unsere vollständige und angemessene Garderobe.« Damit hatte er große Schwierigkeiten. Ihre Brustwarzen waren unter dem dünnen Gewebe ihres Unterkleids deutlich erkennbar und es fiel ihm verdammt schwer, sie nicht mit seinem Blick zu fixieren.

Ihre Worte hallten in seinem Kopf nach – sie war auf der Suche nach einem Gefühl. Er konnte ahnen, was sie meinte. Allerdings fühlte er etwas ganz anderes, nachdem er heute so viel Zeit mit ihr verbracht hatte. Etwas, das er noch nie zuvor empfunden hatte.

Es war mehr als nur Sehnsucht. Es war Vorfreude. Voller Ungeduld wartete er darauf, was sich als Nächstes zwischen ihnen ereignen würde, ganz gleich, was es auch wäre.

John vollführte seine höflichste Verbeugung. »Ich freue mich, Ihre Bekanntschaft zu machen, Miss Bromwell.«

Sie neigte den Kopf. »Gleichfalls, Lord Cosford.«

»Normalerweise würde ich Sie nun zum Tanzen oder zu einem Spaziergang auffordern.«

»Wir müssten das Bett verschieben, um in der Nähe des Feuers zu tanzen. Seit Beginn unseres Aufenthalts hier, ist es deutlich wärmer in der Hütte geworden, aber ich ziehe es immer noch vor, mich in der Nähe der Wärmequelle aufzuhalten.«

»Darüber sollten zwei Menschen, die sich eben erst

kennenlernen, keine Gespräche führen.« Lachend warf er die Hände in die Luft. »Ich gebe auf. Es gibt kein Zurück mehr. Unsere Bekanntschaft hat schrecklich angefangen, doch nun sitzen wir miteinander fest.«

»Siehst du mich so? Als Belastung?« Ihre Stimme war ganz leise, und die Gesichtszüge verrieten ihre Unsicherheit, während sie nervös an einem Faden am Saum der Matratze zupfte.

John nahm wieder Platz und diesmal setzte er sich direkt neben sie. Dann zog er sein Bein hoch und winkelte es im Knie an, damit er sie anschauen konnte. »Ganz und gar nicht.« Zärtlich streichelte er ihr über das Kinn. »Ich betrachte dich als eine aufregende Person, wie einen unerwarteten Nervenkitzel. Wäre ich ohne unsere Vorgeschichte zu dieser Party gekommen, hätte mich die Begegnung mit dir ganz gewiss fasziniert.«

Sie blinzelte ihn an. »Wahrhaftig?«

»Ich habe nicht viel Zeit damit verbracht, über die Liebe oder andere Gefühle bezüglich des schönen Geschlechts nachzudenken, doch bei dir frage ich mich, ob ich vielleicht deinem Zauber verfallen bin. Nicht, dass Liebe magisch wäre, aber ...«

»Aber vielleicht ist es an dem«, unterbrach sie ihn und sprach damit seine Gedanken aus. »Vielleicht ist die Liebe ein Zauber, der sich zwei ganz bestimmten Menschen zu einer bestimmten Zeit entspinnt. Als wir uns vor fünf Jahren kennenlernten, war er nicht vorhanden, doch jetzt ist er umso deutlicher spürbar.« Sie klang ein wenig außer Atem, und er fühlte sich ebenso.

»Ja, genauso ist es, denke ich.« Er ließ eine Hand an ihrem Kiefer entlang gleiten und legte sie unterhalb ihres Ohrs an ihren Hals. »Ich weiß nicht, wie es sich anfühlt, sich zu verlieben, aber jetzt mit dir zusammen zu sein, ist mit nichts vergleichbar, was ich je zuvor erlebt habe. Du hast meine völlige Abscheu in tiefe Sehnsucht gewandelt. Wenn ich dich in Zukunft nie wieder sehen würde, könnte ich vielleicht daran zerbrechen.«

Sie holte tief Luft. »Was würdest du tun?«

»Dich verfolgen. Unerbittlich.«

Ihre Augen glitzerten vor Leidenschaft. «Warum tust du es dann jetzt nicht? Ich will alles. Das habe ich dir bereits gesagt.«

Es kostete ihn große Mühe, sie nicht an sich zu ziehen, um sie dann auf die Matratze zu pressen. »Bist du sicher, dass du nicht nur aus Erregung sprichst? Wir sollten nicht erlauben, unseren Verstand von unseren Körpern beherrschen zu lassen.«

»Mein Gehirn bildet einen Teil meines Körpers. Darf es vielleicht die letzte Entscheidung treffen?« Sie beugte sich zu ihm und legte eine Hand auf seine Brust. »Mein Gehirn sagt mir, ich soll dich berühren und einladen, mich zu berühren. Es sagt mir auch, ich solle dem nachgehen, was wir meiner Ansicht nach beide wollen.«

»Dann bist du mit einer Heirat einverstanden?« Er musste auf Nummer sicher gehen, bevor sie sich noch weiter vorwagten. »Ohne die Liebe. Vielleicht noch nicht?« Es war wichtig, den letzten Teil hinzuzufügen. Denn er hielt diese Option durchaus für möglich.

»Noch nicht«, bekräftigte sie und schnippte den obersten Knopf seines Hemdes auf. »Ich bin frohen Mutes, was unsere gemeinsame Zukunft angeht.«

John stockte der Atem. Sein Schaft, der sich schon seit einiger Zeit zumindest in einem teilweisen Erregungszustand befand, versteifte sich nun vollständig.

Er näherte sich ihr, stützte ihren Kopf und fasste sie mit der anderen Hand um die Taille. »Wir sind uns also einig. Wir haben eine gemeinsame Zukunft.«

»Das werden wir wohl müssen, denke ich. Meine größte

Sorge gilt jedoch unserer *unmittelbaren* Zukunft.« Sie öffnete einen weiteren Knopf, mit dem sein Hemd geschlossen war, und schob eine Hand unter den Stoff. Ihre Handfläche schmiegte sich an ihn, und in diesem Moment wusste er nicht, ob sie ihn vielleicht auf eine Weise verführen würde, die er sich noch gar nicht richtig vorstellen konnte.

John sah ihr in die Augen. «Dann sollten wir sie in Angriff nehmen.«

KAPITEL 8

Cosford verschloss ihren Mund mit dem seinem und drückte sie auf das Bett zurück. Cecilia zog die Beine an, und er senkte sich unverzüglich auf sie nieder. Dann schmiegte er seine Hüften an ihre, und sie konnte sein Geschlecht fühlen, das gegen ihres drückte. Es war schockierend. Sinnlich. Wundervoll.

Das war der Mann, den sie heiraten würde. Ein Mann, den sie noch wenige Stunden zuvor verabscheut hatte. Möglicherweise unterschied sich ihre leidenschaftliche Abscheu gar nicht so sehr von ihrem leidenschaftlichen Verlangen, das sie nun ganz bestimmt antrieb. Sie fragte sich, ob sie ihn vielleicht angefleht hätte, es sich noch einmal zu überlegen, wenn er sie zurückgewiesen hätte.

Zum Glück hatte er das nicht getan. All seine Worte waren erstaunlich und aufregend gewesen. Ihre Einigkeit darüber, dass dies magisch war, ließ ihr Herz höherschlagen. Vielleicht liebte sie ihn jetzt noch nicht, doch sie fühlte sich von Zutrauen erfüllt, dies einmal zu können. Und da sie so etwas noch nie zuvor empfunden hatte, musste sie ihre Vorahnung für mehr als zutreffend halten.

Er löste den Mund von ihrem und zog eine Spur von Küssen über ihren Kiefer und Hals. Mit seinen Lippen und seiner Zunge löste er dabei Empfindungen aus, die ihren gesamten Körper durchströmten. Sie hielt seinen Kopf umklammerte, damit er nicht auf die Idee kam, sie zu verlassen.

Das würde er nicht tun. Aus welchem Grund auch immer vertraute sie darauf, dass beide dies tatsächlich wollten. Sie vertraute *ihm*.

Er war der Mann, der ihr furchtbare Dinge angetan hatte. Ein Kichern brach sich Bahn und kam ihr über die Lippen.

Cosford hob den Kopf und zog eine dunkle Augenbraue hoch. »Das sollte nicht amüsant sein.«

»Das ist es nicht.« Sie streichelte seinen Kopf und lockerte ihren Griff um seinen Hinterkopf. »Es ist aufreizend. Ich kam nur nicht umhin, daran zu denken, dass du der letzte Mann bist, von dem ich erwartet hätte, dies zu tun.«

Er schmunzelte. »Dieser Teil ist amüsant – und wahr. Werden wir bei unseren Freunden nicht für Aufsehen sorgen, wenn wir ihnen mitteilen, dass wir unsere Meinung darüber geändert haben, wie wir zueinander stehen?«

Wieder lachte sie. »Ja.«

Er schob ihr Unterkleid hoch, ließ seine Hand an ihrem Brustkorb hinaufgleiten und schloss sie über ihrer Brust. »Wenn du jetzt weiter lachst, wirst du mein Ego verletzen. Und das kann eine Bestrafung nach sich ziehen.«

Sie keuchte, als er ihr in die Brustwarze zwickte. »So etwa.«

»Vielleicht.«

»Aber das hat mir gefallen. Mach das noch mal.«

Er kam ihrer Bitte nach und drückte und zupfte, sodass es nur noch ein wenig unangenehm war.

Sie holte tief Luft und grub ihre Finger in seine Kopfhaut. *»Noch mal.«*

Nun schob er ihr Unterkleid beinahe wie wild nach oben, sodass das Kleidungsstück ihr Gesicht verdeckte. Dann zupfte er wieder an ihrer Brustwarze und drückte sie zwischen Daumen und Zeigefinger, bis sie stöhnte. Er hielt ihre Brust in seiner Hand und drückte sie, kurz bevor sich seine Lippen um ihre prickelnde Haut schlossen. Die Lust entfachte und wütete in ihrem Inneren und ließ ihre Beine zittern.

In ihrer Verzweiflung zog sie sich das Unterkleid ganz über den Kopf und schob es beiseite, sodass sie nur noch mit ihren Wollstrümpfen und Strumpfbändern bekleidet war. Sie wollte auch ihm das Hemd ausziehen, um seine nackte Haut spüren zu können. Sie ließ ihre Hände an seinem Hals hinuntergleiten und zerrte an seinem Kragen.

Er hob den Kopf und richtete sich auf, während er das Hemd abstreifte und beiseite schleuderte. Cecilia betrachtete seine Brust, von den dunklen Haaren in der Mitte bis zu seinen kleinen, knopfartigen Brustwarzen. Mit dem Finger strich sie erst über eine der beiden, was ihm ein Keuchen entlockte. »Fühlt sich das so gut an wie das, was du mit mir machst?«

»Ich bin nicht sicher, ob ich das sagen kann. Jegliche Art, wie du mich berührst, fühlt sich spektakulär an.« Er streckte die Arme aus. »Mach, was du willst.«

Diesmal zwickte sie beide Brustwarzen und genoss das Stöhnen, das er von sich gab. Dann ließ sie ihre Hände über seinen muskulösen Bauch gleiten, von wo eine Spur dunklen Haars in seinem Hosenbund verschwand. »Wo das wohl hinführt?«

»Direkt zu meinem Schaft«, entgegnete er unverblümt, nahm ihre Hand und drückte sie durch den Stoff seiner Hose gegen seinen harten Schaft. »Spürst du, wie sehr ich dich begehre.«

»Und was wirst du damit machen?« Sie blickte zu ihm auf, und ihr Geschlecht schmerzte vor Verlangen.

Er beugte sich hinab, sodass sein Mund knapp über ihrem schwebte. »Ich werde ihn in dein Geschlecht gleiten lassen und sehr tief eindringen. Bis du meinen Namen schreist – John, wenn du willst. Dann schlinge ich deine Beine um mich und stoße unerbittlich in dich, bis du einen Orgasmus hast. Weißt du, was das bedeutet?«

Sie wimmerte beinahe vor Begierde. »Ich glaube schon. Ich weiß, dass es eine ... Vollendung gibt. Und Lust. Ich habe mich ... schon mal selbst berührt. Aber es war noch nie ganz befriedigend.«

»Dann lass dich von mir befriedigen. *In aller Vollendung.*«

Er küsste sie und drang dabei mit seiner Zunge tief in ihren Mund ein, um ihr damit zu sagen, dass er das auch mit seinem Schaft tun wollte. Sie drückte ihn an sich und grub ihre Hände in seinen Rücken, während sie die Hüften vom Bett hob, um sich an ihm zu reiben.

Wieder nahm er ihre Unterlippe zwischen seine Zähne, wobei er diesmal ein wenig fester zog, als er sich zurückzog. Er küsste die Mulde an ihrer Kehle, während er eine Brust umfasste. Sie ahnte, was als Nächstes kam – und schon schloss sich sein Mund um ihre Brustwarze. Aber er verbrachte mehr Zeit damit, an ihr zu saugen als zuvor, wobei er mit seinen Lippen und der Zunge an ihr zog, bis sie tatsächlich seinen Namen schrie.

»Du kannst noch nicht vollkommen befriedigt sein«, murmelte er, als er sich ihrer anderen Brust zuwandte und ihr die gleiche Aufmerksamkeit schenkte. Mit jedem Kuss und Lecken wölbte sie sich ihm mehr und mehr entgegen und ihr Zittern wurde immer stärker.

»Führe mich dorthin, John«, flehte sie.

Er leckte über ihren Unterleib und dann näherte er sich mit seinem Mund ihrem Geschlecht. Sie erstarrte. Er konnte doch nicht vorhaben, sie zu küssen ... dort? Das hatte Dinah nicht erwähnt.

»Was tust du da?«

»Ich bereite dir Freude.« Er platzierte eine Hand auf ihren Oberschenkel und strich mit dem Daumen ganz sacht über ihre Schamlippen. »Hast du dich hier berührt?«

»Ja.« Sie stöhnte auf, als er nun beherzter drückte.

»Ich werde dich ebenfalls hier berühren. Ich werde auch meinen Mund auf dein Geschlecht legen.« Er schaute zwischen ihren Beinen zu ihr hoch. »Möchtest du nicht, dass ich das tue?«

Sie hatte gesagt, sie wolle alles, und so war es auch. Er hatte ihr in Aussicht gestellt, sie könne mit ihm machen, was sie wollte. Es war ihr Wunsch, dass er dasselbe tat. »Tu es. Bitte. Ich meinte es ernst, als ich zu dir sagte, ich wolle alles.«

Sein Lächeln, mit dem er ihr antwortete, entfaltete sich langsam und es hatte etwas Verruchtes. »Heute werden wir nicht alles machen können, aber ich freue mich auf unser gemeinsames Leben, sollte uns dies gelingen.«

»Ich werde mir Dinge ausdenken, die du noch nicht erlebt hast«, schwor sie.

»Gott, Cecilia, du übertriffst meine kühnsten Hoffnungen. Jetzt muss ich dich aber schmecken.« Er senkte den Kopf zu ihrem Geschlecht und leckte über ihre Haut.

Verzückung durchflutete sie, und sie konnte spüren, wie die Ekstase auf sie zurollte und sie ausfüllte, um sie dann bis zur Vollendung zu reizen. Er schob eine Hand unter ihre Kehrseite und drückte ihr Gesäß. Cecilia legte ein Bein auf seine Schulter und winkelte ihr Knie leicht an, als er mit seiner Zunge in sie drang. Mit seinem Daumen massierte er den oberen Punkt ihres Geschlechts und das war genau die Stelle, an der sie am empfindlichsten war. Sie zuckte. Er hob den Kopf ein wenig und bewegte seinen Finger an ihren Schamlippen entlang, ehe er langsam in sie glitt. Das Gefühl, wie er in sie eindrang, war genau das, was sie sich wünschte. Sie umklammerte seinen Kopf und in ihrem verzweifelten Verlangen nach mehr bewegte sie ihre Hüften,

Dann saugte er auch noch an dieser empfindlichen Stelle, während er in sie eindrang und sich wieder zurückzog, nur um den Vorgang in immer kürzer werdenden Abständen zu wiederholen. Sie fühlte sich, als würde sie immer schneller einen steilen Hang hinunterrollen. Die Welt sauste an ihr vorbei, während ihr Körper sich an der Geschwindigkeit erfreute und Gefahr drohte, dass sie zerbersten würde, wenn sie den Boden erreichte. Seine Zunge gesellte sich zu seinem Finger, und er vergrub sein Gesicht in ihr, während er mit der anderen Hand diese reizvolle Stelle streichelte, bis sie es keinen Moment mehr aushielt. Ihre Muskeln spannten sich an, und die Zeit schien stillzustehen, als eine Woge unvergleichlicher Freude und Lust über sie hereinbrach. Das wollte sie. Nur das.

Sie schien zwischen Himmel und Erde zu schweben, als ihr Körper seine Zuckungen beendete. Mit Verspätung wurde ihr klar, dass sie ihn mit ihrem mutwilligen Verhalten wahrscheinlich erschreckt hatte. Nur war er derjenige, der mit seinem Mund überhaupt erst dort eindringen wollte. Und er wusste eindeutig, was er tat.

Cecilia hatte einen Arm über ihre Augen gebreitet. Jetzt lugte sie unter ihrem Handgelenk hervor und blickte ihn an. »Habe ich mich blamiert?«

Seine haselnussbraunen Augen funkelten vor feuriger Glut. »Das hoffe ich nicht. Meiner Ansicht nach warst du spektakulär.«

»Das war also ... normal?«

»Ich kann nicht für andere sprechen, außer mir selbst, aber das war außergewöhnlich.«

»Ganz offensichtlich hast du das schon einmal gemacht. Ich denke, du wirst mir objektiv sagen können, ob ich mich schrecklich verhalten habe.« Sie presste ihre Hand gegen ihre Augen und schloss sie.

Dann konnte sie spüren, wie er ihren Arm bewegte.

»Schlag deine Augen auf, Cecilia.«

Das tat sie nur widerwillig.

Er hatte sich über sie geschoben, und sein Gesicht befand sich nur wenige Zentimeter von ihrem entfernt. »Bitte schäme dich nicht für etwas, das wir zusammen im Bett tun – oder wo auch immer wir uns entscheiden, ähnlichen Aktivitäten nachzugehen.« Er wackelte mit den Augenbrauen, doch dann wurde er wieder ernst. »Es ist einerlei, ob ich das schon einmal gemacht habe, denn ich habe es noch nie mit *dir* gemacht.«

Seine Worte beschwichtigten sie und vermittelten ihr ein ... gutes Gefühl. Er hatte sie als spektakulär bezeichnet und sie als außergewöhnlich beurteilt. Was brauchte sie noch, um unter Beweis zu stellen, dass sie kein Luder war? Oder, für den Fall, dass sie eines war, genau das sein sollte?

Sie schlang eine Hand um seinen Nacken. »Das hat mir sehr gut gefallen. Ich fühle mich sogar sehr befriedigt.«

Er formte die Lippen zu einem breiten, maskulinen Grinsen. »Ausgezeichnet. Ich freue mich darauf, dies bald mit dir zu wiederholen.« Er gab ihr einen Kuss auf den Hals. »Und anschließend gleich wieder.« Noch einmal wanderte er mit seinem Mund zu ihrer Brust hinunter und zog sanft mit seinen Zähnen an ihrer Brustwarze.

»Das war also deine Absicht? Mich zu verführen?«, stichelte sie. »Vielleicht wolltest du mich in diese Hütte locken und mich zu deinem Eigentum machen.«

Er lachte, und sie spürte, wie sein Körper an ihrem vibrierte. »Ja gewiss. Ich habe Sorge dafür getragen, dass wir einen furchtbaren Schneesturm haben.« Er küsste sie zwischen ihren Brüsten und legte den Kopf wieder auf sie. »Du bist diejenige, die den Tag mit einem durchtriebenen

Plan begonnen hatte. Ich hatte lediglich gehofft, unsere Partnerschaft aufrecht zu erhalten, um den Wettbewerb zu gewinnen.«

Sie zuckte mit den Schultern, als sie die Beine um seinen Leib schlang und ihr Geschlecht öffnete, um seinen steifen Schaft daran zu spüren. Kurz schloss sie die Augen und stöhnte leise. »Am Ende haben wir glaube ich doch gewonnen.« Sie sah ihn an und runzelte leicht die Stirn. »Obwohl dir das nicht gelungen ist. Du hast ja noch nicht einmal deine Hose abgelegt.« Sie kreiste mit ihren Hüften an seinen. »Ich kann spüren, dass du nach Erlösung lechzt.«

»Das müssen wir nicht tun.«

»Du hast versprochen, deinen Schwanz in mich einzuführen. Ich bestehe darauf, dass du das tust.«

Er sah sie an und zog dabei eine Augenbraue in die Höhe. »Willst du diese Art von Ehefrau, sein?«

»Ich werde die Art sein, die um das bittet, was sie sich wünscht, und von ihrem Mann erwartet, seine Versprechungen einzuhalten.« Sie streckte die Hand zwischen sie beide und knöpfte den Bund seiner Hose auf. »Ganz gewiss.«

»Wer bin ich schon, mich dir in den Weg zu stellen? Eine glückliche Ehefrau ist, glaube ich, die Garantie für ein glückliches Leben.«

Cecilia lachte, als er aufsprang und sich seiner restlichen Kleidung entledigte. Sie ernüchterte schlagartig beim Anblick seines großen, vor Erregung harten Schaftes. Einen Moment lang war sie unsicher, wie er in sie hineinpassen sollte, doch sie sträubte sie, wie eine dumme Gans dazustehen. Natürlich würde er hineinpassen. Und wenn sein Finger ein Hinweis darauf gewesen war, würde er sich wunderbar anfühlen. Das Verlangen, das er vor kurzem noch gestillt hatte, kehrte zurück.

»Ich möchte auch nackt sein.« Sie setzte sich auf und knipste ein Strumpfband auf. Er setzte sich auf die Bettkante und löste das andere. Dann rollte er ihr die Strümpfe vorsichtig von den Beinen und legte sie auf dem Boden ab.

»So«, meinte er und musterte sie mit seinem hungrigen Blick von Kopf bis Fuß. »Ist das besser?«

»Das wird es sein. Sobald du damit zum Ende kommst, was du angefangen hast.«

Er rutschte über sie und zwängte seine Beine zwischen die ihren. »Ich stehe dir zu Diensten.«

~

John konnte sein Glück kaum fassen. Unschwer hätte er mit einer Frau in einem Schneesturm gefangen sein können, die er nicht mochte oder zu der er sich nicht hingezogen fühlte. Stattdessen hatte er in Cecilia genau die Frau entdeckt, bei der er nie vermutet hätte, dass sie einmal seine Aufmerksamkeit fesseln und eventuell sogar sein Herz erobern würde.

Als er ihr in die Augen blickte, hielt er für einen Moment den Atem an. Diese Frau sollte seine Ehefrau werden. Und hoffentlich auch die Mutter seiner Kinder. Sie würde an seiner Seite leben, und er an ihrer. Er neigte den Kopf zu ihr und küsste sie auf eine sanfte, ernste Weise. Ihre Körper kamen einander näher und sie umklammerte seinen Rücken.

Das Gefühl, sie an seinem Leib zu spüren, brachte seinen Puls in Wallung. Er wollte ihr diese Art der Liebkosung unbedingt schmackhaft machen, und er setzte seine ganze Erfahrung ein, damit sein Vorhaben von Erfolg gekrönt sein würde. In den kommenden Jahren würden sie sie auf diese Erinnerung zurückblicken und – so hoffte er – dabei lächeln.

Sie strich mit ihren Händen über seinen Rücken und schob dann eine davon zwischen sie beide. »Darf ich dich berühren?«, fragte sie flüsternd.

»Bitte.«

»Du hast natürlich gesagt, das dürfte ich. Ich weiß allerdings nicht, was genau ich tun soll.«

Er stützte sich auf seinen Ellbogen und schob seine andere Hand über ihre. »Du kannst deine Hand darum legen, wenn du Lust dazu hast.« Er führte ihre Hand zu seinem Schaft und sie schloss ihre Finger darum.

»So?«

»Ja. Es fühlt sich gut an, wenn du mich streichelst. Bewege deine Hand auf und ab.« Er zeigte es ihr, und rasch hatte sie einen erregenden Rhythmus gefunden.

»Kannst du dabei deine Erlösung finden?«, fragte sie.

»Dafür sind schnellere Bewegungen erforderlich.« Er machte es ihr vor und bewegte ihre Hand schneller an seinem Schaft auf und ab. »Und noch schneller, wenn das Vergnügen zunimmt.«

»So wie du es bei mir gemacht hast – mit deinen Fingern und deinem Mund. Darf ich dich dort auch mit dem Mund berühren?«

»Das *hoffe* ich, aber nicht heute.«

»Warum nicht heute? Oder heute Nacht? Du hast gesagt, dass wir wahrscheinlich mindestens bis morgen früh hier ausharren müssen.«

Damit hatte sie ein gutes Argument, doch er wollte sie auch nicht überstrapazieren. »Wir werden sehen.«

Sie streichelte ihn weiter mit ihrer Hand, trotzdem sein Griff lockerer wurde. »Machst du das mit dir selbst?«

»Ähm, ja.« Es fiel ihm schwer, sich auf ihre Worte zu konzentrieren.

»Ich möchte dir einmal dabei zuschauen. Erlaubst du mir das?«

Das erregte seine Aufmerksamkeit. John hob den Kopf und blickte sie an. »Du bist unglaublich verblüffend. Ja, gewiss kannst du mir zuschauen.« Er stellte sich einen Abend vor, an dem sie sich gemeinsam vergnügten und fast hätte er sich dabei in ihrer Handfläche erlöst. »Genug.«

Er legte seine Hand wieder auf ihre und führte seinen Schaft zu ihrem Geschlecht. »Ich werde es langsam angehen.« Noch nie hatte er dies mit einer Frau gemacht, für die es das erste Mal war. Er hoffte nur, er würde nichts vermasseln. »Heb deine Hüften ein wenig an.«

Sie wölbte sich auf, um ihm einen besseren Winkel anzubieten. »So etwa?«

»Einfach so.« Er glitt in sie hinein und stöhnte leise. Sie war so eng und heiß um ihn herum. Er blieb in ihr und ließ ihren Körpern Zeit sich aneinander zu gewöhnen. »Ist das in Ordnung?«

»Es ist sehr ... ausfüllend.«

»Tut es weh? Ich weiß, dass es beim ersten Mal wehtun kann.«

»Es ist ein bisschen unangenehm, aber auch angenehm, was nicht sehr logisch ist.«

»Ich glaube, ich verstehe es.« Er fing an, sich sehr langsam zu bewegen. »Wie ist es jetzt?«

»Oh! Das ist ... nett.«

Nett schien ihm etwas zu wenig, doch er würde sich Zeit lassen. »Heb deine Beine an und leg sie um mich, Cecilia.«

Sie tat es und mit ihren Fersen berührte sie sein Hinterteil. »So ist es besser.« Sie keuchte, als er noch einmal in sie eindrang. »Schneller, glaube ich.«

Er wollte sie nicht überfallen, aber wenn dies ihr Wunsch war, wähnte er sich mehr als glücklich, diesem nachzukommen. Ein verirrtes blondes Haar kitzelte ihre Wange. John strich es beiseite und küsste sie. »Wenn du dich unbehaglich fühlst, sagst du es mir bitte, und ich höre auf.«

Sie nickte, dann grub sie ihre Fersen in seine Muskeln. »Hör nicht auf. Ich will diese Befriedigung noch einmal spüren.«

Er hob den Kopf und lächelte ihr zu. »Dann sollten wir unseren Höhepunkt gemeinsam finden.«

Begierig begegnete sie seinen Stößen, und ihre Hüften bewegten sich in einem köstlichen Rhythmus mit seinen. Sie grub ihre Finger in seinen Nacken, als er den Kopf senkte, um ihre Brustwarze ganz kurz in seinen Mund zu nehmen. Ein lautes, verzücktes Stöhnen entglitt ihren Lippen, und John gab sich dem Zauber ihrer Körper hin, die in einem vollkommenen Gleichklang waren.

Dann wurden seine Stöße schneller und tiefer. Die Lust nahm von ihm Besitz und geleitete ihn zu diesem glückseligen Ende. Auch wenn er dies mit ihr teilen wollte, wusste er, dass es eventuell nicht möglich war. Trotzdem würde er einen Versuch unternehmen. Er richtete sich dergestalt auf, dass er ihr Geschlecht mit seiner Hand erreichen konnte. Er reizte ihre Klitoris, während er weiter in sie eindrang.

Ihre Muskeln spannten sich an und drückten ihn zusammen. Er bewegte seine Finger schneller und stieß tiefer zu. Dann war es so weit. Genau wie er gehofft hatte, schrie sie seinen Namen. Er gab sich der Verzückung hin, die ihn übermannte.

Kurz vor seiner Erlösung, zog er sich aus ihrem Körper zurück. Weil er ein bisschen zu spät dran war, ergoss er sich auf ihre Schenkel. Fluchend umklammerte er seinen Schaft, beendete die Aufgabe, die sie gemeinsam begonnen hatten, während er sich in der Wonne seines Orgasmus verlor.

Als John wieder zu Sinnen kam, rollte er sich auf die Seite, wobei er achtgab, nicht von dem schmalen Bett zu fallen.

»War das normal?«, fragte sie.

Es kostete ihn Mühe, seine Sprache wiederzufinden, geschweige denn, etwas zu erklären. »Nicht immer ist es so chaotisch. Es tut mir so leid. Ich habe die Zeugung eines Babys verhindert. Zumindest habe ich das versucht. Ich fürchte, ich war ein bisschen langsam. Lass mich etwas für dich finden, womit du dich säubern kannst.«

Er stand vom Bett auf und blickte sich in der kleinen Hütte um. Es fehlte ihnen an Reinigungsutensilien. Er könnte ihr ein Kleidungsstück von sich überlassen, doch dann könnte er es morgen nicht mehr tragen, wenn sie unweigerlich auf ihren Eltern oder andere Leute stoßen würden, die nach ihnen suchten.

Sie schien Verständnis für seine Bestürzung zu haben. »Reich mir einfach meinen Unterrock. Ich werde den oberen Teil benutzen.«

Er holte das Kleidungsstück und reichte es ihr, wobei er ihr den Rücken zuwandte, um ihr Privatsphäre zu gewähren.

«Warum hast du die Zeugung eines Kindes verhindert?«, fragte sie. »Es wird von dir erwartet, einen Erben zu zeugen.«

«Ja, jedoch müssen wir das nicht sofort tun. Deine frühere Bemerkung über die Fortpflanzung hat mich glauben lassen, dass du nicht unbedingt Mutter werden wolltest.«

«Das ist sehr rücksichtsvoll von dir.«

Dann drehte er sich um und war über den anerkennenden Ausdruck auf ihrem Gesicht erstaunt. Sie schien aufrichtig berührt zu sein. Und damit erwachte sein Wunsch, sie erneut zu küssen.

»Es würde mir nichts ausmachen, gleich Mutter zu werden. Vorhin war ich ja nur sarkastisch. Seitdem haben sich die Dinge ... geändert.« Dann stieß sie ein kurzes, leises Lachen hervor.

»Das ist in der Tat der Fall«, murmelte er.

»Komm wieder ins Bett«, lockte sie, ließ ihr Unterkleid zu Boden sinken und drehte sich auf die Seite, sodass sie mit dem Rücken zum Feuer stand. »Mir ist kalt ohne dich.«

»Da brauchst du mich nicht zweimal zu bitten.« Er stieg

ins Bett, legte sich ihr gegenüber und deckte sie zu. Dann schlang er seine Arme um sie und zog sie an sich. »Besser?«

»Hmm, ja. Wir sollten dies zu unsere Verteidigung nutzen. Es gab einfach keine andere Möglichkeit für uns, die Kälte abzuwehren.«

Er fixierte die goldenen Flecken in der Mitte ihrer braunen Iris. »Dass wir eine Verteidigung brauchen, glaube ich allerdings nicht.«

»Bist du der Ansicht, unsere Eltern werden diese Situation einfach so hinnehmen?«

»Sie ist nicht ideal, doch sie trägt dazu bei, dass sie ihr Ziel erreichen – wir werden heiraten.«

Sie streichelte über seine Schulter. »Und wie steht es mit deinem Ziel? Das hattest du nicht geplant. Es tut mir leid, dass wir uns verlaufen haben.«

Er legte einen Finger an ihre Lippen. »Das haben wir doch schon besprochen, und es war wirklich nicht deine Schuld. Ich glaube sogar, dass uns dies bestimmt war, und das Universum ein vor fünf Jahren erfolgtes Unrecht wiedergutgemacht hat, indem es uns jetzt hier zusammengeführt hat.«

Sie formte ihre Lippen zu einem sündhaften Lächeln. »Du denkst also, wir sollten uns für die Ewigkeit verlieben und heiraten?«

Sollte das etwa bedeuten, sie hatte sich in ihn verliebt? Denn er hatte bereits sein Herz an sie verloren. »Ich schon. Wenn du nicht so fühlst, sag es mir bitte.«

Sie beugte sich vor, schloss die kleine Lücke zwischen ihnen und küsste ihn. »Ich glaube, du hast recht.«

KAPITEL 9

Stürzte das Haus ein? Nein, er hatte geträumt. Kein Mensch würde solch einen Krach veranstalten.

Stirnrunzelnd schlug John die Augen auf. In dem Moment, als er die niedrige Decke erkannte und den warmen Körper an seinem spürte, erinnerte er sich, wo er war. Und mit wem.

Das Geräusch musste vom Klopfen ihrer Retter an der Tür herrühren.

»Aufmachen!«

Es war die Stimme eines Mannes, die John nicht ohne weiteres erkannte. War es ihr Vater?

Er schüttelte Cecilia sanft. »Meine Liebe, wir sind gefunden worden.«

Langsam schlug sie die Augen auf, und es dauerte einen Moment, bis sie ganz zu sich gekommen war. Sobald dies geschehen war, riss sie die Augen weit auf. »Wir sollten doch wach und angezogen sein!«

Ja, so war ihr Plan gewesen. Mitten in der Nacht hatte es aufgehört zu schneien, doch zumindest auf der Lichtung lagen noch einige Zentimeter mehr. John war davon ausgegangen, dass jemand von der Suchmannschaft erst am späten Vormittag oder sogar erst am Nachmittag zur Hütte gelangen würde.

Er hatte sich geirrt.

»Ich hätte die Dringlichkeit der Eltern, ihr vermisstes Kind zu finden, nicht unterschätzen dürfen«, murmelte er.

John schlüpfte aus dem Bett und überließ ihr die Decke, die sie kaum bedeckte. Er zog sich seine Hose und sein Hemd an, während das Hämmern und Schreien weiterging.

»Ich komme!« Er reichte Cecilia ihr Unterkleid. »Was willst du wegen deiner Kleidung machen?«

Sie zog eine Grimasse. »Ich werde viel zu lange brauchen, um mich anzuziehen, ehe du ihnen die Tür öffnen musst. Aber lass niemanden herein. Sag ihnen, wir würden gleich herauskommen.«

Er nickte und schob sich das Hemd in die Hose. Dann überlegte er, ob er seine Strümpfe anziehen sollte, was das Unvermeidliche aber nur verzögern würde. Er lächelte ihr zu. »Wir haben nichts zu verbergen. Es sind vielleicht nicht die günstigste Umstände, aber das Ergebnis wird sich mit unseren Wünschen decken.«

In der Gewissheit, dass alles gut gehen würde, trat John an die Tür und schob den Riegel zurück. Dann öffnete er vorsichtig die Tür und schlüpfte hinaus.

Vor ihm stand sein eigener Vater zusammen mit Cecilias. Ihr Gastgeber, Mr. Beverley, wartete ein wenig abseits, und seine Züge waren von Sorge gezeichnet. Die Väter starrten John an, und ihre Blicke wanderten von seinem mit Sicherheit zerzausten Haar über seine unzureichend bekleidete Gestalt bis hin zu seinen nackten Füßen. Verdammt, es war kalt, obwohl die Sonne zum Vorschein kam.

»Wie um alles in der Welt sehen Sie aus?«, fragte Lord Winchcombe, der Cecilias Vater war.

»Ich entschuldige mich für mein Unvermögen«, entgegnete John freundlich. »Unsere Kleidung war sehr nass, nachdem wir gestern durch den Sturm von den anderen abgeschnitten worden waren.«

Cecilias Vater riss die Augen auf. »Guter Gott, sieht Cecilia auch so aus? Wenn Sie sie geschändet haben ...«

John hob eine Hand. »Ich denke, es war beabsichtigt, dass Cecilia und ich heiraten. Wir sind sehr glücklich verlobt und freuen uns auf die Zeremonie.«

Johns Vater, der Herzog von Ironbridge, warf ihm einen skeptischen Blick zu. »Noch gestern Morgen warst du gar nicht dafür zu gewinnen.«

Der Baron knurrte. »Er hat meine Tochter kompromittiert und somit keine Wahl.«

Als die Wut in ihm aufwallte, musste John kämpfen, um sein Temperament im Zaum zu halten. Er war gereift, doch Cecilia schien seine Leidenschaft zu wecken. »Der Sturm hat uns kompromittiert, fürchte ich. Er hat unsere nähere Bekanntschaft herbeigeführt und beschleunigt, während unsere notgedrungene Gefangenschaft schnell dazu geführt hat, dass wir feststellen konnten, tatsächlich zusammenzupassen.«

»Hmmpf. Ich verlange, mit Cecilia zu sprechen.«

»Wir kommen gleich heraus«, antworte John lächelnd, während er sich zur Tür wandte.

Der Baron legte eine Hand auf Johns Schulter. »Verdammt, sie ist meine Tochter. Sie werden nicht mit ihr fertig.«

John blickte seinen zukünftigen Schwiegervater kühl an. »Da sie bald meine Frau sein wird, werde ich mich für ihre Wünsche einsetzen, und ihr Wunsch ist es, dass Sie hier warten, während wir uns zurechtmachen. Hier gibt es keinen Streit, Winchcombe.«

»Das ist ein Skandal! Jeder auf der Hausparty weiß, dass

ihr zusammen verschwunden seid.« Der Baron blickte kurz zu Beverley.

»Sie wissen nichts«, entgegnete John ruhig. »Sagen Sie, Sie hätten mich unter einem Baum gefunden und Cecilia in dieser Hütte. Sagen Sie, wir hätten die Nacht bei den Pächtern verbracht. Sie können sich jede Geschichte ausdenken, die Sie wollen.« Er blickte zu seinem Vater und hoffte auf dessen Zustimmung.

»John hat recht«, meinte der Herzog. »Das ist unsere Geschichte, bei der wir uns aufeinander abstimmen müssen. Wir werden sagen, dass sie von einem der Pächter gefunden wurden und die Nacht getrennt verbracht haben.« Er wandte sich an Beverley. »Können Sie diese Geschichte unterstützen?«

Beverley nickte. »Gewiss. Und da sie heiraten werden, wäre der Skandal ohnehin minimal.«

Cecilias Vater bekam ein feuerrotes Gesicht. »Trotzdem möchte ich nicht, dass bekannt wird, dass sie über Nacht allein in einem kleinen Häuschen waren!«

»Wir fünf sind die Einzigen, die davon wissen«, meinte John.

»Sechs«, warf Winchcombe ein. »Der Kutscher zählt auch noch mit.«

John nickte. »Ich habe volles Vertrauen, dass die Geschichte mit dem Pächter glaubwürdig klingt und vorausgesetzt wird. Es wird in der Tat eine romantische Geschichte sein, wie Cecilia und ich uns unter den wachsamen Augen eines charmanten Pächterpaares ineinander verliebt haben.«

»Ganz genau«, stimmte Beverley mit einem Nicken zu. »Ich weiß auch schon genau, welche Pächter bei dieser Geschichte mitmachen werden. Auf dem Rückweg machen wir dort Halt, um der Geschichte noch mehr Glaubwürdigkeit zu verleihen.«

»Das ist in der Tat wie im Märchen«, murmelte Winchcombe.

»Brillant.« John lächelte breit und ignorierte seinen säuerlich dreinblickenden zukünftigen Schwiegervater. »Wenn ihr mich jetzt entschuldigen würdet.« Er drehte sich um und machte Anstalten, in die Hütte zurückzukehren, doch sein Vater hielt ihn am Ellbogen fest.

»Auf ein Wort, John«, flüsterte sein Vater.

Sie entfernten sich ein wenig von den anderen Männern, doch sie blieben weiterhin unter den wachsamen Blicken von Johns zukünftigem Schwiegervater.

»Bist du sicher, dass du das willst?«, fragte Johns Vater und musterte sein Gesicht.

»Ist das nicht das, was du wolltest?«

»Ja.« Sein Vater stieß die Luft aus. »Aber wenn dein Kind über Nacht verschwindet – selbst, wenn er ein erwachsener Mann ist – verlieren Dinge, die einem lebenswichtig erschienen, an Bedeutung. Alle Erwartungen, die ich an dich als meinen Erben stelle, beziehen sich viel mehr auf mich als auf dich. Ich weiß, dass ich dich gedrängt habe – bei deinem Studium, deinen Reisen, deiner Kandidatur für einen Sitz im Unterhaus und jetzt mit dieser Heirat. Am Ende will ich nur, dass du glücklich bist.«

John verschlug es für einen Moment die Sprache. Immer hatte sein Vater hervorragende Leistungen von ihm verlangt, aber nie war er streng gewesen. »Du klingst, als würde es dir leidtun, aber das muss es nicht. Du bist ein guter Vater, und deinem Weg zu folgen wird mich glücklich machen. Der erste Schritt auf diesem Weg besteht in meiner Verheiratung mit einer Frau, von der ich glaube, dass ich sie lieben könnte.«

Ein Grinsen lockerte die Züge seines Vaters auf. »Das zu hören ist wunderbar. Ich will dich nicht aufhalten.« Er klopfte John auf die Schulter.

Mit einem Nicken drehte sich John um und schlüpfte rasch wieder in die Hütte.

Cecilia hatte ihr Korsett und ihr Unterkleid angezogen, und ihre bestrumpften Füße lugten unter dem Saum hervor. »Ich habe ein wenig von eurer Unterhaltung gehört. Wir haben die Nacht bei einem der Pächter verbracht?«

John nickte, als er sich auf das Bett setzte, um seine Strümpfe anzuziehen. »Ja. Ich muss leider sagen, dass dein Vater fast den Eindruck erweckt, als würde er einen Anfall bekommen.«

»Das ist nicht überraschend. Er verabscheut auch nur den geringsten Anflug von Unanständigkeit.«

John zog seine Stiefel an und richtete sich auf, ehe er sich erhob. »Das mag ein unpassender Anfang gewesen sein, doch wenn wir nicht gezwungen worden wären, uns näher kennenzulernen wären wir vielleicht immer noch zerstritten.«

Cecilia ging, um ihr Kleid vom Haken zu nehmen. »Das werde ich ihm sagen.«

Sie waren nun fertig angezogen und John schob das Bett zurück an die Wand. Er blickte zu Cecilia, die bemüht war, ihr Haar zu richten. »Setz einfach deinen Hut auf – er wird den Schaden verdecken.«

»Ein guter Vorschlag.« Sie holte den Hut, setzte ihn sich auf den Kopf und warf ihm einen fragenden Blick zu.

»Wunderbar«, beschied er, holte ihren Umhang und legte ihr das schützende Kleidungsstück über die Schultern.

Sie knipste den Verschluss an ihrem Hals zu. »Hoffentlich können wir das Haus betreten, ohne gesehen zu werden.«

»Darauf wird dein Vater bestehen, dessen bin ich sicher«, antwortete John mit einem schwachen Lächeln. Er zog seinen Hut auf und legte dann seinen Umhang um. »Fertig?«

»Ich denke schon. Ich verlasse unser Nest nur ungern, das gebe ich zu.« Sie hob den inzwischen leeren Korb hoch, über dessen Inhalt sie sich gestern Abend hergemacht hatten, bis alles aufgegessen war.

John hob die Flasche auf und verstaute sie in dem Korb, bevor er ihn ihr abnahm. »Lass mich das tragen.«

»Wie galant von dir.«

Er ging zur Tür und hielt sie auf, während sie nach draußen trat.

Die drei Gentlemen waren von der Tür zurückgewichen. Jetzt trat ihr Vater einen Schritt vor. »Geht es dir gut, Cecilia?«

»Es ging mir nie besser, Vater. Ich denke, du bist auch recht zufrieden – du bekommst den Schwiegersohn, den du dir gewünscht hast.«

Der Baron runzelte die Stirn. »Das ist nicht die Art und Weise, wie eure Verbindung zustande kommen sollte.«

»Trotzdem ist es so gekommen, und wenn dem nicht so wäre, würde ich Cosford wahrscheinlich weiterhin verabscheuen. Stattdessen stelle ich fest, dass ich ziemlich verliebt bin. Das ist ein hervorragender Ausgang, denke ich.«

Ihr Vater schien zu zweifeln. »Das ist kein guter Ausgang, denn du bist zur Heirat gezwungen.«

»Freilich werden sie heiraten«, mischte sich der Herzog etwas verärgert ein. »Beruhigen Sie sich, Winchcombe. Wir werden das Aufgebot verlesen lassen, sobald wir nach Ironbridge zurückgekehrt sind.«

Cecilias Vater holte tief Luft und warf sich in die Brust zurück. »Nicht in Ironbridge. Sie werden in vier Wochen in St. Peter`s in Winchcombe heiraten, und bis dahin werden sie keinen Kontakt haben.«

John runzelte die Stirn. »Heben Sie damit den Rest der Hausparty auf?« Er warf einen unruhigen Blick in Richtung seines Vaters, denn er hoffte, er würde sich dafür stark machen, dass sie blieben.

Der Herzog nickte John fast unmerklich zu, bevor er sich

an Winchcombe wandte. »Sie können doch nicht abreisen, ehe die Hausparty übermorgen zu Ende ist. Das würde nur die Aufmerksamkeit auf ... gewisse Dinge lenken.«

»Das würde es vermutlich«, brummte der Baron. »Na schön. Wir werden wie geplant aufbrechen. Aber dann werden die beiden sich bis zur Hochzeit nicht mehr treffen.«

Cecilia ging auf ihren Vater zu. »Wir können doch bestimmt ein wenig Zeit miteinander verbringen, insbesondere über die Feiertage.«

»Nein.«

»Nicht einmal am Dreikönigstag?«, fragte sie.

»Ich werde dir nicht erlauben, Zeit mit diesem Schuft zu verbringen, bis du verheiratet bist.«

»Er ist kein Schuft, Papa«, widersprach Cecilia leise und warf John einen entschuldigenden Blick zu. »Ohne seine Hilfe wäre ich womöglich erfroren. Wenn du außerdem so schlecht von ihm denkst, warum erlaubst du die Heirat überhaupt?«

Die Augen des Barons blitzten vor Wut. »Unabhängig davon, was irgendjemand denkt oder fühlt, muss das einfach geschehen.«

John dachte, Winchcombes Wut besonders in diesem Moment verstehen zu können, da er gerade erfahren hatte, dass seine Tochter die Nacht mit einem Mann verbracht hatte, der noch nicht ihr Ehemann war. Er hoffte jedoch auf ein schnelles Verrauchen des Zornes des Mannes.

»Ich denke, wir sind uns wohl alle einig, dass sich ein unglücklicher Umstand zum Guten gewendet hat«, meinte der Herzog sanft. »Kommt, wir machen uns auf den Weg. Beverley, Sie haben einen Pächter vorgeschlagen, der ein Alibi liefern könnte?«

»In der Tat, ich kenne genau das richtige Paar.« Ihr Gastgeber wies auf die Kutsche. »Nach Ihnen.«

Winchcombe setzte sich rasch in Bewegung, um Cecilias

Arm zu nehmen, ehe John ihm zuvorkommen konnte. Dann half er ihr in die Kutsche und setzte sie auf den nach vorn gerichteten Sitz, ehe er sich neben ihr niederließ. John hatte keine Möglichkeit, neben ihr zu sitzen, was natürlich die volle Absicht des Barons war.

Zusammen mit seinem Vater ließ John sich auf der gegenüberliegenden Sitzbank nieder, und Beverley quetschte sich neben Winchcombe. John nickte Cecilia aufmunternd zu, doch das milderte die Furchen nicht, die sich auf ihrer Stirn gebildet hatten. Später würde er sie glätten.

Irgendwie.

~

Nach einer kurzen Fahrt in der Kutsche kamen sie an einem reizenden Landhaus mit einigen Nebengebäuden an, die auf einen Bauernhof hindeuteten. Cecilia hatte nicht gewusst, was sie erwarten würde, doch von dem, was sie sah, fühlte sie sich ermutigt. Dies schien ein Ort zu sein, an dem freundliche Menschen wohnten.

Mr. Beverley, der den ganzen Weg über geredet hatte, den sie von der Holzfällerhütte aus zurückgelegt hatten, da er wahrscheinlich darauf bedacht war, Unannehmlichkeiten zu mildern, verließ die Kutsche und eilte zur Hütte, um die Bewohner über ihren bereits geschmiedeten Plan zu informieren.

»Was unternehmen wir, wenn sie sich weigern, auf diesen Trick einzugehen?«, fragte Cecilias Vater in die Runde.

Cecilia hatte seine Anspannung wie ein erschreckendes Schaudern gespürt, als sie in der Kutsche an seine Seite gedrückt worden war. »Dürfen wir aussteigen?«, fragte sie. Die kühle Winterluft wäre besser als die spannungsgeladene Atmosphäre in der warmen Kabine der Kutsche.

Er warf ihr einen irritierten Blick zu. »Nicht bevor wir sicher sein können, dass es einen Grund dafür gibt.«

Cecilia wagte einen Blick in Johns Richtung. Er starrte Cecilias Vater mit Augen wie Eiszapfen an. Diese Kälte seines Blicks spendete ihr Trost. Er war bereits ein Verbündeter.

»Ich bin zuversichtlich, dass dieser Trick funktionieren wird«, meinte Ironbridge freundlich.

Wenigstens einer ihrer Väter verhielt sich vernünftig, was Cecilia sehr freute. »Ich bin sicher, Mr. Beverley hätte den Vorschlag gar nicht erst gemacht, wenn er Ihr Vertrauen nicht teilen würde.«

Mit einem breiten Grinsen kehrte ihr Gastgeber zur Kutsche zurück. »Kommen Sie herein. Es gibt heißen Tee und warmes Brot.«

Ein lautes, beschämendes Grollen war von Cecilias Bauchgegend zu hören. Und es wurde prompt von Johns Unterleib erwidert. Sie hielt ihr Lächeln zurück, aber er nicht.

»Ich fürchte, der Proviantkorb von gestern hat für unsere Sättigung nicht ganz ausgereicht«, stellte John fest.

»Dann müsst ihr euch sputen!« Beverley hielt ihnen die Tür auf, während Cecilias Vater aus der Kutsche stieg. Nachdem er ihr herausgeholfen hatte, folgten John und sein Vater.

Sie machten sich auf den Weg zu dem Häuschen, wo sie sofort eingelassen wurden. Grob behauene Balken spannten sich über die niedrige Decke des Hauptraums, und in einem breiten Kamin an der gegenüberliegenden Wand prasselte ein munteres Feuer.

»Willkommen«, wurden sie von einer Frau in ihren Vierzigern begrüßt. Sie lächelte fröhlich und ihre Aufmerksamkeit schien ein wenig bei Cecilia zu verharren. Lag es daran, dass Cecilia ihren Hut nicht abnahm? Das wagte sie wegen ihrer unordentlichen Frisur nicht.

Mr. Beverley ergriff das Wort und wandte sich damit an alle. »Darf ich vorstellen: Seine Gnaden, der Herzog von Ironbridge, sein Sohn, Lord Cosford, Lord Winchcombe und Miss Bromwell.« Mit einer Geste wies er auf die Frau und den Mann, die in ähnlichem Alter waren und neben ihm stand. »Erlauben Sie mir, Ihnen Mr. und Mrs. Harrison vorzustellen. Sie wurden, nun ja, über die Situation in Kenntnis gesetzt und sind bereit, uns zu helfen.«

»Das sind wir wirklich.« Mrs. Harrison trat auf Cecilia zu. »Möchten Sie ein wenig Tee, Liebes? Etwas zu essen?«

»Das wäre schön, danke.«

»Dann kommen Sie zu Tisch.« Mrs. Harrison lächelte sanft und führte Cecilia zu einer Seite der Stube, an den Esstisch. Aus robustem Eichenholz gefertigt zierten ihn eine Teekanne und der Duft von frischem Brot.

Cecilia ließ sich auf einen Stuhl nieder und stürzte sich fast auf das Brot.

Mit vor Freundlichkeit funkelnden blauen Augen schnitt Mrs. Harrison das Brot an und bestrich eine Scheibe mit Butter, um sie dann auf einen Teller zu legen, den sie vor Cecilia platzierte. »Ich schenke Ihnen gleich den Tee ein.« Ihre Gastgeberin drehte sich ein Stückweit um. »Lord Cosford, Sie müssen uns Gesellschaft leisten.«

Einen Moment später, als Cecilia bereits genüsslich den ersten Bissen des köstlichen Brotes verspeiste, setzte John sich neben sie. Auch ihm wurde ein Teller mit Butterbrot gereicht.

Als er seine Scheibe hob, warf er einen Blick in Cecilias Richtung. »Wäre es geschmacklos, wenn ich um Marmelade bitten würde?«, flüsterte er.

Sie hielt sich die Hand vor den Mund und versuchte, ihr Lachen zu unterdrücken.

Mrs. Harrison stellte die Teetassen neben ihre Teller. »Also los. Bedienen Sie sich, während ich noch mehr Brot schneide, und dann hole ich ein wenig Schinken. Möchten Sie beide Eier?«

»Ja, bitte«, antwortete Cecilia, nachdem sie kaum geschluckt hatte.

»Dafür haben wir keine Zeit«, blaffte ihr Vater hinter ihr. Er hörte sich an, als stünde er noch immer in der Nähe der Tür.

»Lassen Sie sie essen, Winchcombe«, gebot Ironbridge mit erheblicher Verärgerung. »Die beiden sind ausgehungert.«

Cecilia spürte den finsteren Blick ihres Vaters auf ihrem Hinterkopf brennen. Sie zog es vor, sich seiner Verurteilung zu entziehen. »Vielleicht könnten wir einfach ein wenig Essen mit die Kutsche nehmen«, schlug sie vor.

»Oder wir bleiben hier sitzen und essen«, meinte John und warf ihrem Vater einen Blick über seine Schulter zu.

»Ich dachte, Miss Bromwell würde sich auch gern zurechtmachen«, meinte Mrs. Harrison.

Cecilia fragte sich, wie ihre Frisur wohl aussah. »Das *wäre* schön.«

»Also ist es beschlossene Sache.« Des Herzogs Stimme dröhnte durch den Raum. »Die beiden werden essen und dann eine kurze Rast einlegen, um sich zu erholen.« Sein Ton war entschlossen. Trotzdem hielt Cecilia den Atem an und horchte, ob ihr Vater widersprechen würde.

Zum Glück tat er das nicht.

Als John einen weiteren Bissen von seiner Scheibe Brot nahm, beugte sie sich ein wenig zu ihm vor. »Ich kann mir vorstellen, dass dein Vater keine Widerworte in seinem Haus duldet.«

John sprach genauso leise wie sie. »Wann immer er diesen Tonfall anschlug, wusstest du, dass du deinen Mund halten und zu lassen musstest. Und du hast den Raum so schnell wie möglich verlassen, damit er nicht richtig wütend wird.«

»Ich verstehe.« Dankbar für das warme Gebräu nippte Cecilia an ihrem Tee.

Einige Minuten später brachte Mrs. Harrison Schinken und Eier. Cecilia verschlang sie mit undamenhafter Hast. Als sie fertig war, warf sie John einen verlegenen Blick zu. »Ich verspreche, dass ich normalerweise nicht so esse. Weder diese Menge noch in diesem Tempo.«

»Du hast es vielleicht gar nicht bemerkt, aber ich habe meinen Teller bereits geleert, als du noch etwas auf deinem Teller hattest. Du brauchst dich nicht zu entschuldigen.« Er gluckste leise. »Auch ich verschlinge meine Mahlzeit normalerweise nicht.«

Cecilia ging auf, dass sie noch viel übereinander zu lernen hatten. Sie rutschte in ihrem Stuhl hin und her und trank ihre Tasse Tee aus.

»Sind Sie bereit, sich nach oben zurückzuziehen?«, fragte Mrs. Harrison sie.

»Ja, vielen Dank.«

John sprang auf, um ihr den Stuhl zu halten. Cecilia erhob sich auf und drückte schnell ihre Hand an seine.

Mrs. Harrison blickte zu John. »Mr. Harrison bereitet eine Waschschüssel vor, damit Sie sich waschen können.«

»Das weiß ich aufrichtig zu schätzen«, entgegnete er und sein Blick wanderte zu Cecilia, wo er verweilte, als sie sich umdrehte und Mrs. Harrison zur Treppe auf der gegenüberliegenden Seite des Raumes folgte.

Auf ihrem Weg kamen sie an der Sitzecke beim Kamin vorbei, wo die beiden Väter saßen. Der Herzog lächelte Cecilia an, während ihr Vater stirnrunzelnd in die Flammen blickte.

Ein Teil von ihr wollte ihm am liebsten einen Tritt versetzen. Er machte sich lächerlich. War das nicht das Resultat, das er sich gewünscht hatte? Hoffentlich gelänge es ihrer Mutter, ihn aus seiner Verärgerung zu reißen.

Cecilia folgte Mrs. Harrison die Treppe hinauf und sie betraten ein Schlafgemach. »Während Sie gegessen haben, hat Mr. Harrison heißes Wasser nach oben gebracht. Es sollte jetzt genau die richtige Temperatur für Sie haben. Die Waschschüssel steht dort hinter dem Wandschirm.«

»Danke«, brachte Cecilia hervor, die von der Freundlichkeit der gesegneten Frau ergriffen war. Sie trat hinter den Wandschirm und quiekte fast vor Freude über den Lavendelduft, der aus dem Wasser aufstieg. Mrs. Harrison hatte an alles gedacht.

»Dort gibt es einen Spiegel und eine Haarbürste. Wenn Sie fertig sind, helfe ich Ihnen gerne, sich die Haare zu richten.«

»Ich glaube, Sie müssen ein Engel sein, Mrs. Harrison.« Cecilia setzte ihren Hut ab, den sie auf die Kommode neben die Wasserschüssel legte. Dann knöpfte sie ihr Kleid auf, schrubbte sich Gesicht und Hals und fühlte sich sofort erfrischt.

»Wohl kaum. Ich weiß nur, wie es ist, wenn man in einer Notlage ist und die Hilfe anderer braucht.«

»Haben Sie sich in einer ähnlichen Situation befunden?«, fragte Cecilia.

»So ist es. Als Mr. Harrison und ich heirateten, brach ein Feuer aus. Wir verloren den größten Teil unseres Hab und Guts, und das Haus musste neu aufgebaut werden. In der Zwischenzeit mussten wir bei Nachbarn wohnen, und während dieser Zeit bekam ich mein erstes Kind. Unsere gutherzigen Gastgeber hatten selbst fünf Kinder, es war also eine anstrengende Zeit.

Cecilia konnte das Lächeln in der Stimme der Frau heraushören. »Sie klingen, als würden Sie sich gerne daran erinnern, aber wie könnten Sie das? Es tut mir so leid, was Ihnen passiert ist.« Cecilia konnte sich nicht vorstellen, wie es wäre, ihr Zuhause zu verlieren.

»Wie Sie sich sicher vorstellen können, war es ungemein erschütternd, aber ich habe wunderbare Erinnerungen an die Zeit behalten, die wir bei unseren Nachbarn verlebt haben. Sie waren so freundlich und großzügig. Ich habe mir geschworen, stets alles in meiner Macht Stehende zu tun, um anderen zu helfen.«

Cecilia leiste in diesem Moment im Stillen den gleichen Schwur – sie würde tun, was immer sie konnte, um den Bedürftigen zu helfen, worum auch immer es sich handeln mochte. »Gott segne Sie, Mrs. Harrison.« Als sie mit dem Waschen fertig war, knöpfte Cecilia ihr Kleid wieder zu und betrachtete dann ihr Spiegelbild. Ihre Frisur war eine Katastrophe. »Ich glaube, ich brauche Hilfe mit meinem Haar, wenn es Ihnen nichts ausmacht.«

»Keineswegs. Soll ich zu Ihnen hinter den Wandschirm kommen?«

»Ja, bitte.« Cecilia zog die restlichen Nadeln aus ihrem Haar.

Mrs. Harrison warf einen Blick auf Cecilias Kopf und nickte ihr zuversichtlich zu. »Wir werden Sie im Handumdrehen wieder präsentabel machen.« Sie zog den Stuhl ein Stück von der Wand weg und gab Cecilia ein Zeichen, sich zu setzen. Dann holte sie die Bürste und begann, Cecilias wirres Haar zu bearbeiten.

»Was für hübsches blondes Haar Sie haben«, sagte Mrs. Harrison. »Früher hatten meine Haare genau diese Farbe.«

»Haben sie die nicht immer noch?« Cecilia widerstand dem Drang, den Kopf zu drehen und nachzusehen, aber sie war sich ziemlich sicher, dass der Farbton des Haars der Frau mit ihrem eigenen übereinstimmte.

»Es ist ein bisschen stumpfer. Man kann die weißen

Strähnen nicht erkennen, aber sie sind vorhanden. Mr. Harrison findet sie attraktiv«, fügte sie mit einem verschmitzten Unterton in ihrer Stimme hinzu.

Cecilia lächelte daraufhin. »Das klingt, als würden Mr. Harrison und Sie eine glückliche Ehe führen.« Genau das wünschte sie sich auch.

»Ganz bestimmt. Heute liebe ich ihn sogar mehr als gestern und vorgestern. Er ist ein wundervoller Partner. Ich habe das Glück, einen Ehemann zu haben, der mich schätzt und mich als jemanden behandelt, auf den er sich verlassen und mit dem er sich austauschen kann.«

Sie hatte Glück. Cecilia zog eine Grimasse, als Mrs. Harrison die Bürste durch eine besonders verworrene Stelle zog. Die Frau murmelte eine Entschuldigung, und Cecilia versicherte ihr, dass alles in Ordnung sei.

»Wie viele Kinder haben Sie?«, fragte Cecilia.

»Vier. Die beiden älteren sind verheiratet, und die beiden jüngeren hüten die Schafe.«

Wieder vernahm Cecilia die Freude in der Stimme der Frau. Oder den Stolz. Wahrscheinlich war es beides. »Hatten Sie sich dieses Leben vorgestellt? Entspricht es Ihren Hoffnungen?«

Noch immer hoffte Cecilia auf die Liebe, aber John hatte gemeint, er sei kein Romantiker. Er hatte aber auch gesagt, dass sie seines Glaubens dazu bestimmt seien, sich ineinander zu verlieben. Bedeutete das, dass er sie liebte? Das konnte sie nicht wissen, bevor er es ihr nicht gesagt hatte. War sie überhaupt bereit, diese Worte selbst zu sagen?

»Absolut«, entgegnete Mrs. Harrison ohne Zaudern. »In dem Moment, als ich Mr. Harrison kennenlernte, war mir klar, dass es uns bestimmt war, unser Leben gemeinsam zu verbringen. Er war sich nicht so sicher, doch es brauchte nicht lange, bis er ebenso entschlossen war.« Sie lachte.

Cecilia konnte nicht anders als den Kopf zu drehen und

Mrs. Harrison anzublicken, während die Frau die Haarbürste auf die Kommode legte. »Was hat ihn umgestimmt?«

»Joseph Drucker nahm mich auf seinem Karren auf eine Fahrt mit. Mr. Harrison besuchte meinen Vater gleich am nächsten Tag.«

»Ohne vorher mit Ihnen zu sprechen?«

Mrs. Harrison machte sich daran, Cecilias Haare aufzustecken »Er sagte mir, er sei sich seiner und meiner Gefühle sicher, auch wenn ich mich ihm gegenüber nicht ausdrücklich geäußert hatte. Er hat sich einen Vertrauensvorschuss herausgenommen, und recht behalten. Wir beide hatten recht.«

Cecilia kam nicht umhin, an ihre eigene Situation zu denken. Gesten Abend hatten John und sie einander einen Vertrauensvorschuss gewährt. Aber was war mit ihren Gefühlen und der ... Gewissheit? Die Notwendigkeit ihrer Eheschließung erlaubte ihnen beiden nicht einmal, diese Gefühle auch nur zu erwägen.

Es herrschte Schweigen, als Mrs. Harrison Cecilias Haar zu Ende frisierte. »Ich denke, das wird genügen«, befand sie schließlich. »Schauen Sie sich an und sagen Sie mir, ob Sie einverstanden sind.«

Cecilia stand auf, schaute in den Spiegel und strich sich mit der Hand über ihr hochgestecktes Haar. Die Frisur war schlicht, aber elegant. Insbesondere sah sie nicht so aus, als hätte sie die Nacht in den Armen ihres Liebhabers verbracht.

Ihres *Verlobten.*

»Sie sind ein Engel und eine Zauberin«, schwärmte Cecilia und drehte sich um, um die Frau aus einem Impuls heraus zu umarmen. Tatsächlich drückte sie sie reichlich fest an sich.

»Meine Güte, Sie haben eine schwere Zeit hinter sich, nicht wahr?« Mrs. Harrison tätschelte ihr den Rücken.« Vielleicht waren sie nicht wirklich schwierig, aber ich kann mir vorstellen, dass sich die Dinge ziemlich dramatisch und sehr rasch gewandelt haben.«

Cecilia nickte, als sie sich von ihr löste. »Was hat Mr. Beverley Ihnen erzählt?«

»Nur, dass Seine Lordschaft und Sie gezwungen waren, die Nacht zusammen zu verbringen, um dem Sturm zu entkommen. Und dass Sie beide frisch verlobt seien.«

»Und er hat Sie gebeten, die Unwahrheit zu sagen, indem Sie behaupten würden, wir wären hier gewesen.«

»Was ich mit Freuden tue.« Sie legte die Stirn in Falten. »Es sei denn, es ist Ihnen nicht recht? Liege ich falsch in der Annahme, dass seine Lordschaft und Sie wunderbar zusammenpassen? Ich dachte, ich hätte eine deutliche Verbindung zwischen Ihnen beiden erspähen können.«

»Tatsächlich?« Trotz der ganzen Angst, die sich in ihrer Magengrube gesammelt hatte, verspürte Cecilia einen schwindelerregenden Kitzel. Als Mrs. Harrison nickte, fuhr Cecilia fort. »Ich gestehe, dass ich mich ein wenig sorge, weil alles so schnell gegangen ist. Gestern um diese Zeit hatte ich noch geplant, Sorge dafür zu tragen, dass John und ich uns nie wiedersehen würden. Und jetzt sind wir hier und denken an Ihre Hochzeit. Ich hatte auf eine Liebesheirat gehofft, und, nun ja, wir können unmöglich so schnell ineinander verliebt sein, nicht wahr?«

»Das halte ich allerdings durchaus für möglich«, entgegnete Mrs. Harrison langsam. »Doch das können nur Sie selbst wissen. Und natürlich auch Lord Cosford. Sie werden Zeit haben, Ihre Gefühle füreinander tiefer zu ergründen, dessen bin ich sicher. Meiner Ansicht nach sind Sie auf dem besten Weg zu einer glücklichen Verbindung.« Sie lächelte Cecilia herzlich an.

Mrs. Harrisons Worte übten eine beschwichtigende Wirkung auf Cecilia aus. Die Dinge *hatten* sich schnell entwickelt, und das mürrische Verhalten ihres Vaters war nicht gerade förderlich.

«Ich weiß Ihre Hilfe sehr zu schätzen, Mrs. Harrison. Ich denke, John und ich werden glücklich werden.»

Und hoffentlich würde sich dann auch die Liebe einstellen.

KAPITEL 10

Als John bei ihrer Ankunft in Broadheath der Kutsche entstieg, hatte Cecilias Vater sie bereits ins Haus geführt. Es war nicht so, dass John damit gerechnet hätte, sie zu küssen oder anderweitig berühren zu können, aber er hatte gehofft, wenigstens ein paar tröstliche Worte wechseln zu können, ehe sie sich trennten.

Er wollte auch erfahren, wie es ihr ging. Über Nacht hatte sich ihr Leben vollständig gewandelt.

Es war eine spektakuläre, lebensverändernde Nacht gewesen, während derer aus seinem verzweifelten Wunsch, sich schnellstmöglich von Cecilia zu trennen, der verzweifelte Wunsch geworden war, den Rest seines Lebens mit ihr zu verbringen. Es war eine wundervolle – und, wenn er ehrlich war, erschreckende – Offenbarung. Trotzdem bedauerte er die Entwicklung der Dinge keinesfalls. Doch was war mit ihr?

Den ganzen Tag lang hatte John sie nicht zu Gesicht bekommen, seit man sie bei ihrer Ankunft getrennt hatte. Als er sich nun vor dem Dinner auf den Weg in den Salon machte, konnte er nur auf ihre Anwesenheit dort hoffen.

»John, warte einen Moment.«

John, der vor dem Salon kurz innegehalten hatte, drehte sich um, als er die Stimme seiner Mutter vernahm. Heute Morgen bei ihrer Rückkehr hatte er bereits mit ihr gesprochen, und die Neuigkeit über seine Verlobung hatte sie sehr erfreut. Allerdings hatte sie auch ein wenig besorgt gewirkt.

Die Herzogin von Ironbridge war mittelgroß, besaß olivgrüne Augen und ein warmherziges Lächeln, mit dem sie John stets zu beruhigen vermochte. Allein durch ihre Anwesenheit stärkte sie sein Selbstvertrauen und verhalf ihm zu einer tiefen Gewissheit über seinen Platz in dieser Welt und innerhalb seiner Familie. Er wusste, wie gesegnet er mit so einer engen Bindung zu seinen Eltern und Geschwistern war.

Sanft berührte sie seinen Arm. »Warst du über die Pläne zur Bekanntgabe der Verlobung informiert?«

»Nur darüber, dass Mr. Beverley heute Abend eine offizielle Bekanntgabe plante.« John war sicher, dass jeder auf der Hausparty längst Bescheid wusste. Seine Freunde wussten es, denn sie alle hatten ihn aufgesucht, und zusammen waren sie dann in den Billardraum gegangen, um die überraschende Wendung der Ereignisse zu besprechen.

John hatte die Einzelheiten über ihre Flunkerei, die Nacht bei den Harrisons verbracht zu haben, in aller Ausführlichkeit nacherzählt. Seine Freunde waren davon ausgegangen, dass die Verlobung lediglich darauf zurückzuführen war, dem Anschein von Unschicklichkeit vorzubeugen und nicht auf eine tatsächlich vorhandene emotionale – oder körperliche – Verbindung zwischen John und Cecilia. Mit Nachdruck hatte er ihnen zu versichern gewünscht, dass sie sich auf jeder Ebene verbunden fühlten und er sich nichts sehnlicher wünschte, als sie zu heiraten. Doch dann hatte er lediglich entgegnet, dass sie sich schließlich doch gefunden und beide ihre Bereitschaft zu einer Eheschließung bekundet hatten. Mehr zu sagen würde Verdacht erregen und weitere Fragen aufwerfen, was sie beide unbedingt vermeiden mussten.

Die Herzogin nickte. »Ja, das wird er tun, bevor wir uns in den Speisesaal begeben. Du wirst Miss Bromwell begleiten, und ihr beide werdet gemeinsam Platz nehmen.«

Sie würde also anwesend sein. John war bemüht, sich ein Grinsen zu verkneifen. Trotzdem schien er sich irgendwie verraten zu haben.

»Das freut dich«, stellte seine Mutter lachend fest.

»Es ist unmöglich, etwas vor dir zu verbergen«, lamentierte John seufzend.

»Du brauchst wirklich nicht zu verheimlichen, dich in deine Braut verliebt zu haben – wenn es denn wirklich so ist.«

Liebe? Zu sagen, dass er so fühlte, schien ihm sehr voreilig, und doch konnte John keine anderen Worte finden, mit denen er die freudige Wärme und die aufsteigende Vorfreude beschreiben könnte, die jeden seiner Gedanken begleiteten –, welche sich allesamt um Cecilia drehten.

John schenkte ihr ein – wie er hoffte – beruhigendes Lächeln. «Ich glaube, das bleibt eine Sache zwischen Cecilia und mir.«

Seine Mutter kannte die Wahrheit über ihre gemeinsam verbrachte Nacht, ohne jedoch nach Einzelheiten gefragt zu haben. »Kluger Junge«, lobte sie ihn. »Später werde ich mit ihrer Mutter über die Hochzeit sprechen. Bist du sicher, dass Zeit und Ort für dich akzeptabel sind?«

Die Zeremonie sollte in vier Wochen, am sechzehnten Januar, in der St. Peter's Church in Winchcombe stattfinden. »Was immer für meine Braut akzeptabel ist, wird auch für mich akzeptabel sein.« John wollte die Angelegenheit mit Cecilia absprechen, da Ort und Zeit von ihrem Vater festgelegt worden waren.

Lächelnd drückte die Herzogin ihn leicht, ehe sie die Hand von seinem Arm nahm. »Ich hoffe, Miss Bromwell weiß, was für einen wundervollen Mann sie heiratet. Wenn nicht, dann wird sie es in Anbetracht eurer kurzen Bekanntschaft sicher sehr bald herausfinden.«

»Nicht, wenn wir uns nicht sehen dürfen«, sagte John mit einem leichten Stirnrunzeln. Vor ihrer Ankunft in Broadheath hatte Cecilias Vater noch einmal bekräftigt, dass sie bis zur Hochzeit getrennt bleiben würden.

»Ja, nun, ich werde mit Lady Winchcombe über diese Sache sprechen«, meinte Johns Mutter. »Es ist töricht, euch von einer Vertiefung eurer Bekanntschaft abzuhalten. Ihr seid schließlich verlobt.« Das Offensichtliche sprach sie dabei allerdings nicht aus: dass eine Verlobung so gut wie eine Hochzeit war.

»Ich verstehe seine Sturheit in diesem Punkt nicht. Das gebe ich zu. Vielleicht hast du bei seiner Frau mehr Glück.« Das konnte John konnte nur hoffen. In der Zwischenzeit würde er den heutigen Abend nutzen, ehe die Hausparty dann morgen zu Ende ginge. Er bot seiner Mutter seinen Arm an. »Darf ich dich in den Salon begleiten?«

»Gewiss.« Mit einem breiten Lächeln legte sie ihre Hand auf seinen Unterarm.

Drinnen angekommen, sprachen sie mit Mrs. Beverley, ehe sich entschuldigten. Die Herzogin ging, um mit einem anderen Freund zu sprechen, während John sich direkt einem der Diener zuwandte, der ein Tablett mit Aperitifs hielt. Er wählte ein Glas Madeira und gönnte sich einen kräftigen Schluck, ehe er von Spetch angesprochen wurde.

Der Baron drängte John in die Ecke. »Meine Frau hat mich angefleht, die Wahrheit darüber herauszufinden, was gestern passiert ist. Und letzte Nacht. Du kannst mich nicht ohne ausreichende Informationen sitzenlassen.«

»Deine Frau sollte ihre Freundin fragen.« John hegte

jedoch nicht den geringsten Zweifel daran, dass Cecilia ebenso wenig sagen würde wie er.

Stimmte das? Sie hatte ihrem Vater versprochen, niemandem die Wahrheit zu verraten, aber er konnte gerade behaupten, sie gut genug zu kennen, um sicher zu wissen, ob sie ihre Worte ernst meinte. Was nicht heißen sollte, dass er ihr misstraute. Er hätte ihr nicht verübelt, wenn sie mit einer Freundin hätte sprechen wollen. War das unter Frauen nicht sogar üblich? Seine Schwestern taten sich in dieser Hinsicht jedenfalls keinen Zwang an.

»Miss Bromwell hat sich den gesamten Tag in ihren Räumlichkeiten eingeschlossen. Dinahs Bemühungen, sie zu besuchen, wurden von Lady Winchcombe und Miss Bromwells Zofe abgewiesen. Dinah befürchtet sogar, ihre Freundin würde heute Abend nicht einmal anwesend sein.« Spetch senkte die Stimme. »Sie sorgt sich, Miss Bromwell könnte sich erkältet haben und tatsächlich krank sein.«

Ein Anflug schierer Verzweiflung ließ John zusammenzucken, aber sicherlich hätte ihn jemand informiert, wenn seine Verlobte erkrankt wäre. Nein, der Schuldige war ihr Vater – oder ihre Eltern –, die sie von ihm fernhielten. Und offenbar unterbanden sie auch den Kontakt zu ihren Freundinnen. John wünschte, mit seinem zukünftigen Schwiegervater sprechen zu können, aber sein eigener Vater hatte ihm abgeraten und ihn gewarnt, dass Winchcombe seine Frustration über John an seiner Tochter auslassen könnte. John wollte Cecilia ihre missliche Lage nicht noch erschweren.

»Es geht ihr gut«, entgegnete John gleichmütig. »Heute Abend wird sie sogar hier anwesend sein.«

»Dinah wird sich so erleichtert fühlen.«

John sah sich suchend im Raum um und entdeckte Lady Spetchley auf der gegenüberliegenden Seite, wo sie mit Main und seiner Frau, Mrs. Mainwaring zusammenstand. Er bemerkte, dass sie sich plötzlich alle zur Tür wandten und ihre Blicke gleichzeitig in diese Richtung drehten. Als John sich daraufhin ebenfalls umwandte, sah er den Grund für ihre Ablenkung.

Am Arm ihres Vaters stand Cecilia in der Tür und ihre Mutter war an ihrer anderen Seite. Sie war atemberaubend schön mit ihren blonden Locken, die elegant frisiert waren, und an ihrem herrlichen Körper trug sie ein wunderschönes blaues Kleid mit goldenen Fäden. Er erinnerte sich an die Kontur ihrer Haut, an den Geschmack ihrer Lippen und ihrer Zunge, an das Geräusch ihrer Lust.

Und jetzt wurde er steif. Das ging überhaupt nicht. Rasch trank er die Hälfte seines restlichen Madeiras.

Obwohl er unmittelbar zu ihr gehen wollte, lag ihm andererseits aber auch daran, ihren Vater nicht gegens sich aufzubringen. Er wartete ab und schaute zu, wie ihre Gastgeber Cecilia und ihre Eltern begrüßten. Cecilia lächelte kurz, doch ihr Lächeln erreichte ihre Augen nicht. Zumindest konnte John dies aus seinem Blickwinkel nicht erkennen.

Verdammt, es war eine Tortur, so weit von ihr entfernt zu stehen und ihre Stimmung erraten zu wollen. Er trank einen Schluck von seinem Madeira und stellte das noch nicht ganz leere Glas auf einem Tisch ab, ehe er seine Schritte zur Tür lenkte.

Mr. Beverley sah John auf sie zukommen und nickte ihm zu. »Und hier ist der Bräutigam. Es scheint, als wäre dies ein guter Zeitpunkt, um die Neuigkeit bekannt zu geben.« Beverley blickte in Winchcombes Richtung, was Johns ohnehin schon angegriffene Nerven noch mehr strapazierte.

»Wirklich, das müssen Sie tun«, entgegnete John schnell, um damit Winchcombe zuvorzukommen, ehe dieser antworten konnte. Dann griff John nach Cecilias Hand und beugte sich darüber, um ihr dann einen Kuss auf den Handschuh zu drücken. »Guten Abend, Cecilia. Du bist schöner als je zuvor.« Er spürte ein leichtes Beben in ihrer Hand und unterdrückte ein Lächeln.

»Danke«, murmelte sie.

»Kommen Sie«, gestikulierte Beverley und marschierte auf die Raummitte zu.

John bot Cecilia seinen Arm an und ignorierte Winchcombes Blick. Er bekam mit, wie Lady Winchcombe ihrem Gatten zuflüsterte, er sollte kein Gesicht machen, als sei er mit ihrer Heirat nicht einverstanden. Der Baron machte daraufhin eine teilnahmslose Miene. Das war Johns Vermutung nach jedenfalls besser als seine Verärgerung.

»Hoffentlich hast du einen einigermaßen erträglichen Tag hinter dir«, raunte John leise, als sie ihrem Gastgeber folgten.

»Den Umständen entsprechend erträglich, ist ... großzügig ausgedrückt. Meine Mutter hat mich ins Bett gesteckt, um sicherzugehen, dass ich mich nicht erkältet habe.« Cecilia verdrehte die Augen. »Mir geht es gut, und es ging mir immer gut.«

John war erleichtert, das zu hören. Er riskierte einen Blick in Winchcombes Richtung. »Die Stimmung deines Vaters scheint sich nicht sonderlich gebessert zu haben.«

»Nein, das ist nicht der Fall. Es braucht normalerweise Zeit, bis seine Wut verraucht.«

Leider blieb keine Zeit mehr für einen weiteren verbalen Austausch zwischen ihnen beiden, denn Beverley verkündete ihre Verlobung und seine Freude darüber, dass die Ehe auf seiner Hausparty geschlossen worden war. Alle Gäste kamen nacheinander zu ihnen, um ihre Glückwünsche zu bekunden, und anschließend begaben sie sich in den Speisesaal.

Obwohl John neben Cecilia saß, war es ihnen nicht vergönnt, sich unter vier Augen zu unterhalten. Er vergewisserte sich jedoch, dass sie sich wohlfühlte.

Als sich der letzte Gang dem Ende zuneigte, beugte er

sich zu ihr. »Ich werde mich in einer Viertelstunde aus dem Speisesaal entschuldigen. Wir treffen uns in dem kleinen Wohnzimmer, das an die Bibliothek grenzt.«

Cecilias braune Augen weiteten sich kurz, und sie schien protestieren zu wollen. Unter dem Tisch legte John eine Hand auf ihre.

»Versuche es einfach«, murmelte er. Dann stand er auf und half ihr vom Stuhl, als die Frauen den Speisesaal verließen.

Die nächste Viertelstunde verbrachte John damit, Cecilias Vater nicht anzustarren. Er beobachtete die Uhr auf dem Kaminsims und wurde von Minute zu Minute unruhiger.

»Alles in Ordnung?« fragte Main. Er hatte sich auf Cecilias Stuhl gesetzt, während der Portwein eingeschenkt wurde, und Spetch hatte den Stuhl zu Johns Linken gewählt. Ihr anderer Freund, Priest, saß auf der anderen Seite neben Main.

»Tadellos«, versicherte John und hob sein Glas. Er trank den letzten Schluck seines Portweins aus und stellte fest, dass er viel schneller getrunken hatte als alle anderen. Noch war die vereinbarte Zeit nicht ganz erreicht, aber John ertrug es nicht, auch nur eine einzige weitere Sekunde zu warten. »Verzeihung«, murmelte er. »Ich bin gleich zurück.«

Einige Männer erleichterten sich hinter einem Paravent, der in einer Ecke des Speisesaals aufgestellt worden war, nachdem die Damen gegangen waren. Doch John hatte sich nie an diese Praxis gehalten. Das war allerdings auch nicht der Grund für seinen Aufbruch.

Nachdem er den Speisesaal verlassen hatte, eilte John rasch zum Wohnzimmer in der Hoffnung, dass Cecilia bereits auf ihn wartete. Das tat sie nicht. Er zwang sich, sich an die Wand neben der Tür zu lehnen, damit er im Zimmer nicht zu leicht zu sehen war, falls jemand vorbeikam.

Es dauerte noch weitere zehn Minuten, ehe er das

Rascheln von Röcken und das Pochen von Absätzen vernahm. Nun, da ihr Erscheinen unmittelbar bevorstand, schlug sein Herz schneller.

Dann war sie da und trat über die Schwelle. John legte einen Arm um sie und zog sie aus dem Weg, damit er die Tür sachte, aber fest schließen konnte. Ihre Blicke trafen sich, ehe er den Kopf senkte und ihren Mund eroberte, um sie zu küssen, wie er es seit ihrer Trennung heute Vormittag ersehnt hatte. Es war kaum zu fassen, dass nicht einmal ein ganzer Tag vergangen war, seit er sie in seinen Armen gehalten hatte – für ihn fühlte es sich wie eine Ewigkeit an.

Sie schlang die Arme um seinen Nacken und erwiderte seinen Kuss, wobei ihre Zungen einander umspielten, während er sie gegen die Tür drückte. Sein Körper raste vor Verlangen und er fragte sich, ob sie ein Risiko eingehen sollten ...

Sie zupfe an seinen Haaren, unterbrach den Kuss und blicke zu ihm auf. »Gleich morgen früh werden wir abreisen, und dann werde ich dich bis zur Hochzeit nicht mehr sehen.«

»Verflixt«, raunte John. »Meine Mutter will mit deiner Mutter darüber sprechen. Wir werden einen Weg finden.«

Zweifelnd runzelte Cecilia die Stirn. »Mein Vater kann unglaublich hartnäckig sein.«

Mit den Fingerknöcheln streichelte er über ihren Wangenknochen. »Wie soll ich den nächsten Monat überleben, ohne dich zu sehen? Ohne dich zu berühren? Ohne dich in meinen Armen zu halten? Ich wünsche mir nichts sehnlicher, als jeden Augenblick mit dir zu verbringen, damit ich dich richtig kennenlerne – mit Leib und Seele.«

Sie zitterte unter seiner Berührung. »Das ist alles so ... überwältigend. Vor einem Tag noch glaubte ich, eine Lösung gefunden zu haben, dich nie wieder sehen zu müssen. Und jetzt sollst du mein Ehemann werden.«

»Ich hatte denselben Gedanken.« Er hoffte nur, dass sie zu demselben Schluss gekommen war. »Ich bedaure aber nicht im Geringsten, was geschehen ist. Es geht nicht um das Werben, das ich mir mit meiner Braut vorgestellt habe, und das Ergebnis wird sich als ebenso wundervoll herausstellen.«

»Du klingst so überzeugt.«

»Das bin ich.« John wünschte, ihr irgendwie versichern zu können, dass alles gut werden würde. Er nahm ihr Gesicht zwischen seine Hände und sah ihr in die Augen. »Ich habe nicht den geringsten Zweifel. Gestern haben wir uns in den Armen gelegen, und ich glaube mit jeder Faser meines Wesens, dass es so sein soll. Dass *wir* füreinander bestimmt sind.«

In diesem Moment wusste er, dass er sie *aufrichtig* liebte. Schockierend. Unglaublich. Auf wundersame Weise.

Doch das sagte er ihr nicht, da er fürchtete, diese Situation, die sich in dieser Windeseile entwickelt hatte, nur noch zu verschlimmern. »Was kann ich tun, damit du dich weniger überwältigt fühlst?«, fragte er sie.

Sie schüttelte den Kopf, und er ließ die Hände sinken. »Das weiß ich nicht. Es liegt teilweise an meinem Vater, da bin ich sicher. Er ist einfach so mürrisch.«

»Vielleicht kannst du ihn einfach nicht beachten«, schlug John vor. Er hob ihre Hand und drückte ihr einen Kuss auf den Handrücken.

»Das kann ich versuchen, doch meine Mutter sagt, er glaubte, du hättest mich in die Holzfällerhütte gelockt und dort verführt.« Cecilia wandte den Blick ab. »Meine Mutter hat mich mehrmals gefragt, ob ich diese Heirat wirklich will oder ob mich jemand manipuliert hat.«

«Und du hast ihr geantwortet, dass dem nicht so sei?« In Erwartung ihrer Antwort hielt John den Atem an.

»Ja, gewiss. Vielleicht muss ich nur meinen Vater überzeugen, und letzten Endes wird er sich damit abfinden. Hoffentlich erlaubt er uns dann, einander zu sehen.«

John überlegte, ob er mit ihrem Vater sprechen sollte. Es hatte keine Manipulation gegeben, und einzig und allein Mutter Natur hatte Sorge dafür getragen, dass Cecilia und er Gelegenheit bekamen, feststellen zu können, dass sie miteinander harmonieren würden. »Das will ich auch hoffen.« Er beugte sich zu ihr, um sie abermals zu küssen.

Noch ehe er seine Lippen auf die ihren drücken konnte, löste sie sich aus seiner Umarmung und warf ihm einen entschuldigenden Blick zu. »Ich muss in den Salon zurückkehren, ehe ich vermisst werde.«

Dann war sie fort.

John würde bestimmt dafür sorgen, ihrem Vater deutlich zu machen, dass diese Verbindung von beiden gewollt war und er sich sehr um Cecilia sorgte. Denn er liebte sie.

Vielleicht wollte Winchcombe genau das hören.

Aber John würde verdammt sein, wenn er dies nicht zuerst Cecilia gestand.

KAPITEL 11

Als Cecilia sich an diesem Abend zu Bett begab, trat ihre Mutter in ihr Zimmer. Cecilias Zofe Ferris zog sich in das kleine Ankleidezimmer zurück, in dem sich ihre Pritsche befand, und Cecilia stand still an der Bettkante.

»Der heutige Abend ist sehr gut verlaufen«, befand die Baronin, während sie sich auf einen Stuhl setzte, der an der gegenüberliegenden Wand von Cecilias Bett stand.

Cecilia warf ihrer Mutter, die noch immer ihre Abendgarderobe trug, einen Blick zu. Obwohl Cecilia sich relativ früh zurückgezogen hatte – insbesondere um sich dem Blick ihres Vaters zu entziehen, stellte sie sich vor, dass zahlreiche Gäste noch unten waren, um die letzte Nacht der Party zu genießen.

Als Cecilia nichts erwiderte, fuhr ihre Mutter fort: »Ich habe ein nettes Gespräch mit deiner zukünftigen Schwiegermutter geführt. Sie freut sich sehr darauf, dich in ihrer Familie willkommen zu heißen.«

Da Cecilia ebenfalls mit Johns Mutter gesprochen hatte, wusste sie das bereits. Es machte ihr auch bewusst, dass ihre Familie ihr das Gefühl vermittelte, etwas falsch gemacht zu haben, während Johns Familie über die Entwicklung der Dinge mehr als zufrieden war. Die Frustration über ihre Eltern verschloss Cecilia die Lippen.

»Hast du das Dinner mit deinem Verlobten genossen?«

»So sehr mir das möglich war.« Cecilia richtete den Blick auf einen der Bettpfosten anstatt auf ihre Mutter.

Die Baronin seufzte. »Ich verstehe nicht, warum du dich so aufregst.«

»Natürlich nicht. Papa und du seht keinen Fehler darin, euch mir gegenüber so zu geben, als hätte ich eine große Übertretung begangen. Ich hatte nicht beabsichtigt, dort mit Cosford zu landen.« Cecilia achtete darauf, Johns Titel zu verwenden, damit ihre Eltern nicht dachten, die Verwendung seines Vornamens sei ein Beweis für ihre Intimität.

»Das hast du nicht und das weiß ich auch«, meinte ihre Mutter leise. »Ich entschuldige mich dafür, wie all dies passiert ist. Es war nicht ... ideal.«

Cecilia sah zu ihrer Mutter. »Nein, das war es nicht. Aber das Ergebnis deckt sich mit dem, was ihr gewollt habt und warum könnt ihr dann nicht glücklich sein, anstatt euch über einen Skandal aufzuregen, den es gar nicht geben wird? Und selbst wenn es dazu kommen sollte, warum sollten wir uns darüber den Kopf zerbrechen? Eines Tages werde ich eine Herzogin sein.«

»Herzoginnen sind gegen Skandale nicht immun.« Die Baronin schürzte die Lippen. »Ich denke jedoch, dass wir einen solchen Skandal verhütet haben. Wenn jemand über die gestrigen Ereignisse spricht, könnte es zu Spekulationen kommen, was wir aber nicht kontrollieren können.«

»Leute, die gerne tratschen und andere schlechtmachen, werden unter allen Umständen spekulieren. Irgendwann muss man einfach den Kopf hochhalten und die Kommentare ignorieren, Mama.«

»Das ist zwar richtig, aber wenn die Leute erfahren, was wirklich passiert ist ...«

»Niemand, außer John und mir, weiß, was wirklich passiert ist.« Diesmal benutzte Cecilia absichtlich seinen Namen. Es war klar, dass ihre Mutter ohnehin dachte, was sie wollte. »Und das wird auch so bleiben.«

»Du wirst es doch nicht deinen Freundinnen erzählen? Natürlich wirst du das, und eine von ihnen könnte deine Geheimnisse ausplaudern.«

Ihre Freundinnen würden das nicht tun, das wusste Cecilia ganz sicher, aber sie hatte nicht vor, sich mit ihrer Mutter über diesen Punkt zu streiten. »Ich habe niemandem etwas gesagt und werde es auch nicht – was auch dich einschließt.« Die Baronin hatte versucht, Cecilia einige Einzelheiten zu entlocken, doch etwas anderes, als dass John und sie zu der Feststellung gelangt waren, gut miteinander zu harmonieren, war alles, was sie zugegeben hatte und dafür sollte ihre Mutter dankbar sein. Alles andere war nicht von Belang – zumindest für sie.

»Ich verstehe. Und ich werde dich nicht weiter bedrängen.« Die Worte ihrer Mutter klangen entschuldigend, was Cecilia ein wenig beschwichtigte. «Ich bete nur, dass dies die Ehe ist, die du dir gewünscht hast. Ich habe versucht, dir eine Liebesheirat zu ermöglichen. Hoffentlich weißt du das.« Sie erwiderte Cecilias Blick, und die Aufrichtigkeit darin brachte Cecilia fast dazu, ihrer Mutter von ihrer Sorge zu erzählen.

Was wäre, wenn John sie nicht liebte?

Warum kam sie auf diesen Gedanken? Er war zwar kein Romantiker, aber er glaubte an ihr Schicksal, sich ineinander zu verlieben. Das bedeutete doch gewiss, dass er bereits auf bestem Wege dorthin war. »Ich hätte eine richtige Brautwerbung vorgezogen«, gestand Cecilia.

»Das haben die Umstände leider verhindert«, entgegnete

Cecilias Mutter. »Wenigstens verabscheust du ihn nicht mehr.«

»Gewiss nicht«, pflichtete Cecilia ihr bei und dachte im Stillen, dass sie ihn vielleicht sogar lieben könnte.

»Ich glaube, die Sache wird einen guten Ausgang nehmen«, fügte die Baronin mit überraschender Gewissheit hinzu. »Du wirst schon sehen. Unsere Familie kann auf eine lange Geschichte erfolgreicher Heiratsvermittlungen zurückblicken, die bis an den Hof von Königin Elisabeth zurückreicht.«

Cecilia kannte ihre Familiengeschichte. Ein Vorfahr war ein offizieller Heiratsvermittler am Hof der Königin gewesen. Seitdem hatten die Frauen in ihrer Familie sich als Heiratsvermittlerinnen berufen gesehen, und ob nun gewollt oder nicht, hatten sie ihre Aufgabe sehr ernst genommen. »Ist es wirklich wahr, dass keine der von unserer Familie arrangierten Ehen gescheitert ist?«

»Das ist die Legende.«

Ihre Verwendung des Wortes »Legende« wirkte nicht gerade vertrauenserweckend, aber Cecilia wollte ihre Beziehung zu John nicht auf »Legenden« aufbauen. Sie hielt eine Hand vor den Mund, als würde sie gähnen. »Du musst mich entschuldigen, ich bin recht müde.«

Das war sie eigentlich nicht, denn ihre Mutter hatte sie genötigt, den gesamten Nachmittag in ihrem Zimmer zu bleiben. Cecilia hatte ein wenig geschlafen, was ihr nicht schwer gefallen war, weil sie nicht ausgeschlafen war. Sehnlichst wünschte sie sich, mit John in die gemütliche Intimität der Holzfällerhütte zurückkehren zu können.

Die Baronin erhob sich. Cecilia rührte sich nicht von der Bettkante weg.

»Gute Nacht, Liebes. Ich werde mich bemühen, vor unserer morgigen Abreise eine private Unterredung zwischen Lord Cosford und dir zu arrangieren.« Sie schenkte Cecilia ein vermeintlich beruhigendes Lächeln. Allerdings befielen Cecilia große Zweifel, ob ihre Mutter Erfolg haben würde. Papa war unglaublich starrköpfig.

»Danke.« Für den Fall, dass die Baronin eine Umarmung inszenieren würde, verschränkte Cecilia vorsorglich die Arme vor der Brust.

Mit einem Nicken entfernte Cecilias Mutter sich.

Cecilia stieß die Luft aus. Dann richtete sie den Blick auf das Bett und fragte sich, wie sie je schlafen sollte. Nachdem sie die vergangene Nacht in Johns Armen verbracht hatte, wollte sie nicht allein sein. Sie sehnte sich auch nach dem Trost seiner Zusicherung, dass alles gut werden würde, da er sich eine liebevolle Ehe ebenso wünschte wie sie und der der nächste Monat schnell vergehen würde.

~

Irgendwie war es Cecilia gelungen, einzuschlafen, was sie nur wusste, weil sie jetzt geweckt wurde. Sanft rüttelte jemand mit der Hand an ihrer Schulter.

»Cecilia?«

Sie schlug die Augen auf, doch das Zimmer lag im Dunklen. Trotzdem erkannte sie die Stimme. »John?«

»Pst. Kommst du mit mir?«

Cecilia schob die Bettdecke weg und setzte sich auf. »Wohin?«

»Komm einfach mit«, flüsterte er und nahm ihre Hand.

»Was ist mit meinem Morgenrock oder meinen Hausschuhen?«

»Die brauchst du eigentlich nicht, aber ich warte, wenn du sie lieber überziehen willst.«

»Und wenn wir erwischt werden?« Cecilia schüttelte den Kopf. »Mein Vater würde toben.«

»Das werden wir nicht. Wir haben nur eine kurze Strecke vor uns. Vertraust du mir?«

Sie drückte seine Hand. »Ich vertraue dir.«

»Ich wusste nicht, wie erregend diese drei Worte sein können«, murmelte er, bevor er sie heftig und schnell küsste.

Erregung wurde in Cecilias Körper wach. Seit der letzten Nacht hatte die Anziehung zwischen ihnen bestimmt nicht nachgelassen. In diesem Moment wurde ihr bewusst, dass sie alles riskieren würde, um mit ihm zusammen zu sein, was sogar den Zorn ihres Vaters einschloss.

Er führte sie aus dem Schlafzimmer und ein kurzes Stück den Korridor entlang. Dann öffnete er eine kaum sichtbare Tür in der Vertäfelung – auf der Vorderseite befand sich ein Gemälde – und zog sie hinein. »Ich fand diesen gut platzierten Schrank und dachte, es wäre ein besserer Ort, um mitten in der Nacht mit dir zusammen zu sein, als dein Schlafzimmer. Ich erinnere mich, dass du deine Zofe erwähnt hast, die dort mit dir untergebracht ist.« Er sprach in einem etwas lauteren Ton als zuvor, aber immer noch mit leiser Stimme.

»Ja, sie übernachtet auf einer Pritsche im Ankleidezimmer.« Im Schrank war es sogar noch dunkler als in ihrem Schlafgemach, denn hier gab es keinen Kamin, der auch nur das spärliche Licht der verglimmenden Glut spendete. »Ich wünschte, ich könnte dich sehen. Warum hast du mich hierher gebracht?«

»Ich könnte es nicht ertragen, mich morgen von dir zu verabschieden, ohne dich noch einmal in meinen Armen zu halten. Ist das in Ordnung?« Er klang unsicher.

»Es ist mehr als in Ordnung.« Sie schlang die Hände um seinen Nacken und zog ihn zu sich herunter, um ihn zu küssen. Als ihre Lippen sich begegneten, stöhnte er sofort auf. Dann drang er schon mit seiner Zunge in ihren Mund, und sie wurde von einem verzweifelten Bedürfnis überkommen, ihn an sich zu spüren. Ihre Küsse waren feurig und hektisch, als könnten sie nicht genug bekommen. Zumindest empfand Cecilia das so. Zwischen den Küssen flüsterte sie: »Ich würde ein Bett diesem Schrank vorziehen, das muss ich gestehen.«

»Das würde ich auch.« Er küsste sie auf den Hals und erregte sie mit seinen Lippen und seiner Zunge zu einer fiebrigen Ekstase.

Sie stieß ihn an. »Ich halte es nicht mehr aus.«

Er streichelte ihr die Wange. »Meine süße Cecilia. Ich will dich so sehr. Ich könnte dich hier lieben. Wenn du es erlaubst.«

»Im Stehen?« Cecilias Körper pochte vor Verlangen. »Ja. Bitte. Gleich jetzt.«

»Heb dein Nachthemd bis zur Taille«, raunte er, ehe er ihr eine Hand in den Ausschnitt des Gewandes schob und ihre Brust umfasste.

Cecilia stöhnte auf, als er sie in die Brustwarze zwickte, die er dann massierte und drückte. Es gelang ihr, das Nachthemd bis zur Taille hochzuziehen. Er drückte sich an sie, und die Hitze seiner Haut traf auf ihre. Keuchend klammerte sie sich mit der freien Hand an seine Schulter.

Er packte sie um die Hüfte und drückte sie fest gegen die rückwärtige Wand des Schranks. Dann hob er ihr Bein an und schlang es um seine Taille. »Behalte es dort.« Er küsste sie erneut, während seine Hand über ihren Schenkel wanderte und seine Finger an ihrem Geschlecht entlang strichen. Durch das Streicheln ihrer Haut erzeugte er eine köstliche Reibung. Sie wimmerte in seinen Mund und verzweifelt sehnte sie sich nach Erlösung.

»Komm für mich, Cecilia. Ich spüre, dass du nah dran bist. Komm für mich, ehe ich in dich eindringe. Ich will deine Erregung um meinen Schaft spüren.« Er umkreiste die

Spitze ihres Geschlechts, dann führte er einen Finger in ihre Scheide ein.

Sie stieß einen Schrei in seinen Mund aus, während ihre Muskeln sich anspannten. Dann stieß er in sie, füllte sie aus und trieb sie noch tiefer in die dunkle Ekstase ihrer Erlösung.

Er legte die Hände um ihren Hintern. »Leg dein anderes Bein um mich. Ich halte dich.«

Cecilia schlang das Bein um seine Taille und verschränkte ihre Knöchel hinter seinem Rücken. Er stöhnte auf, als er in sie eindrang, und noch einmal eroberte er ihren Mund mit seinem.

Ihre Ekstase setzte sich fort, bis sie irgendwie zu einem weiteren verzweifelten Anstieg ihrer Befriedigung wurde. Immer wieder füllte er sie aus und versetzte sie in einen irrsinnigen Lustrausch. Er ließ von ihrem Mund ab und küsste ihr Ohr. »Ich liebe dich, Cecilia. Jetzt und für immer.«

Sie vernahm seine Worte, und doch war sie zu weit entfernt, um zu reagieren oder das Gesagte überhaupt zu begreifen. Sie vergrub die Fersen in ihm und kam erneut, wobei sie verzweifelt versuchte, ihr Stöhnen und Wimmern so leise wie möglich herauszulassen, damit es nicht aus dem kleinen, geschlossenen Raum drang.

Er machte Anstalten, sich aus ihr zurückzuziehen und sie wusste, dass er die Zeugung eines Babys verhindern wollte. Das war ihr allerdings egal. Sie wollten heiraten, und sie wollte Mutter werden. Vor allem aber wollte sie, dass er sie in diesem Moment nicht verließ.

»Zieh dich nicht zurück«, flehte sie und drückte ihn fest an sich. Irgendwann hatte sie den Griff um ihr Nachthemd gelockert, aber auch das war bedeutungslos.

»Bist du sicher?«, fragte er mit gepresster Stimme.

»Wir werden heiraten. Natürlich bin ich mir sicher.«

Dennoch zog er sich aus ihr zurück und setzte sie ab.

»John, das hättest du nicht tun müssen.«

»Einen Moment«, sagte er knapp.

Sie wusste, dass er seine Erlösung zu Ende bringen musste und wollte nicht, dass er es allein tat. Als sie in der Dunkelheit nach ihm tastete und ihn schließlich fand, legte sie ihre Hand um seine. »Lass mich.« Dann sank sie auf die Knie und nahm ihn in den Mund.

»*Cecilia.*« Er umklammerte ihren Kopf, als sie ihrem Instinkt folgte und ihn mit ihrem Mund und ihrer Zunge befriedigte. »Das kannst du nicht.«

Sie umklammerte seine Hüfte und grub die Finger als Antwort in seine Muskeln, während sie seinen Schaft so tief wie möglich in ihrem Mund aufnahm. Er bewegte sich in ihrer Mundhöhle und seine Bewegungen wurden immer hektischer, bis er erneut versuchte, sich zurückzuziehen. »Nicht«, brachte sie gerade so hervor, während sie ihn noch fester umarmte.

»Ich werde in deinen Mund spritzen.«

Mit der anderen Hand umfasste sie seine Hoden, was wiederum aus ihrem Instinkt heraus geschah, in der Hoffnung, ihm mit ihrer wortlosen Antwort genau mitzuteilen, was sie wollte. Sein Schaft berührte ihren Gaumen, als er sich erlöste. Sie schluckte ihre Überraschung zusammen mit seinem Samen hinunter. Als er fertig war, erhob sie sich, ihr Körper bebte noch immer vor Befriedigung.

»Cecilia, du verblüffst mich«, brachte er leise hervor, bevor er sie in seine Arme schloss und ihre Lippen mit seinen bedeckte.

Sie zog sich zurück und wünschte sich schon wieder, ihn sehen zu können. »Hast du gesagt, du liebst mich?« Das musste sie sich eingebildet haben.

»Das habe ich. Aber glaube bitte nicht, du müsstest die gleichen Worte erwidern – es sei denn, du bist dir ganz sicher.«

»Und bist du das?« Cecilia schüttelte den Kopf. Er würde sie nicht anlügen. Da war sie sich sicher. »Ich liebe dich auch.«

»Wenn du nur mein Lächeln sehen könntest. Ich fürchte, mein Gesicht könnte zerspringen.« Er lachte leise.

»Ach, John.« Cecilia küsste ihn noch einmal. «Ich wünschte, wir müssten nicht so lange voneinander getrennt sein.«

»Ich werde alles in meiner Macht Stehende tun, damit wir das nicht sind. Und jetzt bringen wir dich in dein Zimmer zurück.«

Er öffnete die Schranktür und führte sie in den schwach beleuchteten Korridor hinaus. Einen Moment später geleitete er sie in ihr Schlafzimmer.

»Gute Nacht, Cecilia. Schlafe gut. Ich werde das bestimmt tun, das weiß ich einfach.« Bevor er sich von ihr verabschiedete, bedachte er sie mit einem entwaffnenden Grinsen, das aller Wahrscheinlichkeit genau dem entsprach, was sie im Schrank nicht hatte sehen können.

Sie liebten sich. Das war eine Tatsache. Und damit war dies die Ehe, von der sie schon immer geträumt hatte.

Wenn nur ihr Vater nicht so schwierig wäre. Es war ungerecht, denn es war doch eigentlich genau das, was er gewollt hatte.

Cecilia schätzte zwar Johns Engagement, Sorge dafür zu tragen, dass sie nicht allzu lange getrennt wären, aber sie musste mit ihrem Vater sprechen. Unter keinen Umständen würde sie zulassen, dass er sich zwischen sie und den Mann stellte, den sie liebte.

KAPITEL 12

John wachte mit gemischten Gefühlen auf, die Glückseligkeit und Furcht gleichzeitig widerspiegelten. Er empfand eine unermessliche Freude darüber, seine Liebe zu Cecilia erkannt und ihr gestanden zu haben. Zu hören, dass sie seine Liebe erwiderte, hatte ihn irgendwie noch mehr beflügelt. Das war die reinste Freude. Und er dachte gar nicht daran, einen Monat ohne sie zu leiden.

Entschlossen ging John in den Speisesaal zum Frühstück hinunter. Er war früh dran und rechnete damit, dass er vielleicht sogar der Erste sein würde.

Er hatte sich geirrt. Winchcombe war bereits dort und blickte bei Johns Eintreten scharf auf.

»Guten Morgen, Winchcombe«, begrüße John ihn fröhlich, während er darauf bedacht war, den Baron nicht zu provozieren.

»Sie sind früh auf, Cosford.« Winchcombe widmete sich wieder seinem Teller mit dem Essen.

»Das bin ich in der Regel.« John trat zur Anrichte und

nahm sich von verschiedenen Speisen, ehe er sich neben Winchcombe an den Tisch setzte.

Der Baron warf ihm einen kurzen Blick zu, der zu fragen schien, warum John *dort* saß.

»Ich weiß es zu schätzen, dass ich ein wenig Zeit habe, Sie besser kennen zu lernen, da Cecilias und mein Werben so, nun ja, kurz war.« John sprach in seinem freundlichsten Tonfall.

»Eine Werbung war nicht existent«, brummte Winchcombe.

»Deshalb wäre es wunderbar, wenn wir alle den nächsten Monat damit verbringen könnten, unsere Bekanntschaft zu vertiefen.«

»Sie können die Sache nicht abblasen. Wir würden auf Wortbruch klagen.«

«Ich habe nicht die Absicht, etwas abzublasen. Ich liebe Ihre Tochter und stehe vollkommen zu ihr und unserem gemeinsamen Leben.«

»Unsinn«, sagte der Baron und überraschte John mit seiner Reaktion. »Sie können sie gar nicht lieben, also glauben Sie nicht, Sie könnten mich anlügen.«

John legte sein Besteck ab und wandte sich Winchcombe zu. »Warum kann ich sie nicht lieben?«

»Nach einer Nacht? Cecilias Mutter hat mir erzählt, dass meine Tochter Sie vorher verabscheut hat, und an einer Verbindung mit Ihnen überhaupt nicht interessiert war. Und jetzt soll ich glauben, dass sie Sie plötzlich heiraten will?« Winchcombe schnaubte. »Ich bin kein Narr.«

John versuchte, sich in die Perspektive dieses Mannes hineinzuversetzen. Er stellte sich vor, wie er sich fühlen würde, wenn seine Tochter den Wunsch geäußert hätte, einen bestimmten Mann nicht zu heiraten, und dann über Nacht mit ihm in eine Falle gelockt worden wäre, was zur Folge hätte, dass sie gezwungenermaßen heiraten müssten. »Ich kann mir nur vorstellen, wie das für Sie aussieht«, meinte er leise. »Aber aus dem unglücklichen Umstand, dass Cecilia und ich zusammen in der Hütte festgesessen haben, ist das bestmögliche Ergebnis entstanden. Wir haben erkannt, dass wir nicht nur zueinander passen, sondern dass wir perfekt harmonieren. Ich liebe sie über alle Maßen, und ich weiß, wie das für Sie klingen muss.« Er wollte nicht für Cecilia sprechen, obwohl er wusste, dass sie ihn ebenfalls liebte.

»Es ist wahr, Papa.« Cecilia trat in den Speisesaal und überraschte John – und offenbar auch ihren Vater, denn beide warfen einen Blick in ihre Richtung und sprangen auf. »Ich liebe John, und ich bin dankbar, dass wir die Gelegenheit hatten, unsere anfänglichen ... Vorbehalte zu überwinden.«

John unterdrückte sein Lächeln, was angesichts der Art und Weise, wie Cecilias üppiger Mund vor Heiterkeit zuckte, kein leichtes Unterfangen war. Vorbehalte, in der Tat.

»Ich verstehe nicht, wie Sie wissen können, dass Sie verliebt sind«, sagte Winchcombe unwirsch.

»Nur weil ich dich drei Monate habe warten lassen, bevor ich deinen Antrag annahm, um sicherzugehen, dass wir uns wirklich lieben, heißt das nicht, dass die beiden es nicht wissen können.« Das kam von Lady Winchcombe, die hinter ihrer Tochter eingetreten war, und nun schnellte Cecilias Kopf zu ihr hin, ebenso wie der von John und dem Baron.

»Das hast du mir nie gesagt«, meinte Cecilia.

Die Baronin zuckte mit den Schultern. »Das hat nichts zu bedeuten. Außerdem ist jeder Mensch anders. Dein Vater und ich haben uns nicht sofort verstanden. Vielleicht hätten wir versuchen sollen, irgendwo zu zweit festzusitzen.«

Cecilia hielt sich die Hand vor den Mund, aber John konnte sehen, dass sie krampfhaft versuchte, nicht zu lachen. »John und ich hatten auch nicht sofort eine Verbindung zueinander. Doch, das hatten wir. In Form einer sofortigen gegenseitigen Abscheu.«

»Das hört sich vielversprechend an.« John konnte sich ein Grinsen nicht verkneifen.

»Deshalb finde ich diesen Unsinn mit dem Verlieben auch so unglaublich! Ich weiß, wie sehr sich Cecilia wünscht, aus Liebe zu heiraten, aber die Situation erfordert, dass sie diesen Mann heiratet.« Winchcombe blickte zu seiner Tochter. »Ich hasse die Vorstellung, dass man dich zu etwas zwingt, was du gar nicht willst, obwohl du weißt, dass du keine Wahl hast.«

»Papa, wenn ich John immer noch nicht ausstehen könnte, hättest du mich dann wirklich gezwungen, ihn zu heiraten?« fragte Cecilia leise.

Der Baron sah auf seinen Teller hinunter. »Nein. Aber es hätte einen nicht wiedergutzumachenden Skandal nach sich gezogen.« Er wandte den Blick erneut zu Cecilia. »Ich hätte auch nicht gewollt, dass du dies erträgst. Ist es falsch, mir für dich zu wünschen, dass du von Ungemach unbehelligt bleibst?«

Cecilia lächelte ihn an. »Nein, das ist es nicht. Es ist sogar sehr schön. Ich wünschte nur, du hättest mir etwas gesagt.«

John stimmte mit allem überein, was sie sagte. Zudem war er auch froh zu hören, dass das Verhalten ihres Vaters von der Sorge um seine Tochter bestimmt war.

»Heißt das etwa, dass du bereit bist, anzuerkennen, sie nicht bis zur Hochzeit trennen zu können?«, fragte die Baronin in einem scharfen Ton. Ihre Mundwinkel zog sie dabei zu einem halben Lächeln nach oben. »Ich muss mich an die Planung des Verlobungsballs am Dreikönigstags machen.«

Ein Ball? Hervorragend. Obschon John jede Ausrede recht gewesen wäre, um Cecilia zu sehen. Doch bis zum Dreikönigstag war es noch lange hin. Er wollte nicht ein einziges

Weihnachten ohne Cecilia feiern. »Da wir den Dreikönigstag in Isbourne Hall verbringen werden und die Hochzeit nur zehn Tage später in Winchcombe stattfindet, schlage ich vor, dass Sie Weihnachten mit uns in Ironbridge verbringen.« John war sich sicher, dass seine Eltern nichts dagegen einzuwenden hatten.

Lady Winchcombe rümpfte kurz die Nase, als sie sich auf den Weg zur Anrichte machte. »Das ist sehr freundlich von Ihnen, aber ich ziehe es vor, Weihnachten auf Isbourne Hall zu verbringen. Außerdem muss ich bei der Planung des Balls zugegen sein.«

»Dann kann Cecilia vielleicht mitkommen. Sie wird gut beaufsichtigt werden.« John wünschte sich, seine Eltern wären anwesend, um ihn zu unterstützen.

Wie von Geisterhand herbeigezaubert kamen seine Eltern ins Esszimmer. »Guten Morgen«, begrüßte der Herzog die Versammelten mit einem herzlichen Lächeln. »Genau die Leute, mit denen ich zu frühstücken gehofft hatte.«

John blickte zu seinem Vater. »Wir sprachen gerade über den Verlobungsball, den Lord und Lady Winchcombe am Dreikönigstag in Isbourne Hall veranstalten werden.«

Johns Mutter strahlte. »Wie herrlich! Was für eine wunderbare Art, die Feiertage zu verbringen.«

»Dem kann ich nur zustimmen«, pflichtete John ihr bei. »Und obwohl Lord und Lady Winchcombe über Weihnachten in Isbourne Hall bleiben müssen, habe ich Cecilia eingeladen, mit uns nach Ironbridge zu kommen.«

Die Herzogin lächelte Cecilia an. »Oh, das wäre wunderbar. Ich hoffe, Sie können kommen.«

»Das würde mir gefallen«, sagte Cecilia. »Ich bin sicher, dass meine Großtante Susan mich sehr gerne als meine Anstandsdame begleiten würde.« Sie blickte zu ihrer Mutter, die ihren Teller gefüllt hatte und zum Esstisch ging.

Obwohl John keine Ahnung hatte, wer Großtante Susan war, war er ihr bereits zugetan.

Cecilia bediente sich zusammen mit Johns Mutter und Vater am Frühstücksbuffet, und dann setzte sie sich zu ihm an den Tisch. John zog den Stuhl neben seinem einladend zurück. Sie stellte ihren Teller ab und nahm den angebotenen Platz ein.

»Kaffee oder Tee?« fragte John und wollte ihr aus den Kannen auf dem Tisch einschenken.

»Tee, danke.«

»Also schön, du kannst Weihnachten auf Ironbridge verbringen.« Es war nicht die dröhnende Ankündigung des Barons, die John erschreckte, sondern was er da gesagt hatte. Als er die Teekanne in die Hand nahm, stolperte er und die heiße braune Flüssigkeit ergoss sich über das Tischtuch und auf Cecilias Teller.

John keuchte und ließ beinahe die Teekanne fallen. Es gelang ihm, sie abrupt abzustellen, bevor er weiteren Schaden anrichtete. Er wischte die Flüssigkeit mit seiner Serviette auf. »Ist alles in Ordnung mit dir? Habe ich dich verbrüht?«

»Zum Glück ist der Tee nicht bei mir angekommen«, entgegnete Cecilia und klang dabei amüsiert. »Hat dir schon einmal jemand gesagt, dass du eine Gefahr bist, insbesondere im Zusammenhang mit Getränken?«

Seine Lippen zuckten. »Ja, das hat man mir gesagt. Und nicht zu Unrecht.«

Cecilias Augen funkelten vor Vergnügen. »Ich verbiete dir hiermit, ein Gefäß mit einem Getränk in meiner Nähe zu schwenken.« Sie entfernte sich vom Tisch, während ein Diener das Malheur aufräumte.

Johns Mutter blickte zu Cecilia und John. »Ich wollte vorschlagen, dass ihr beide in den Frühstücksraum geht, damit ihr in relativer Privatsphäre essen könnt, bevor wir abreisen.«

»Großartige Idee«, sagte John, bereit, seinen Teller zu nehmen. Oder auch nicht. Ihm fielen ein Dutzend anderer Dinge ein, die er lieber mit Cecilia tun würde als zu essen. Wenn er dabei auch annahm, dass er sie unter anderem auch mit seinem Mund kosten würde ...

»Wir werden alle in den Frühstücksraum umsiedeln müssen«, meinte Winchcombe. »Dieser Tisch muss neu gedeckt werden.«

»Ich bringe Ihre Teller in den Frühstücksraum«, bot ein Diener an. Er brachte ein Tablett und sammelte die Dinge auf dem Tisch ein, ehe er damit aus dem Esszimmer eilte.

»Wir treffen euch dort«, meinte Johns Vater. »Dann können wir die Einzelheiten von Cecilias Reise nach Ironbridge und dem Verlobungsball besprechen.«

Wenige Augenblicke später zwinkerte der Herzog John zu, ehe er den Speisesaal verließ und John und Cecilia mit dem Diener und einem Dienstmädchen allein ließ, die gekommen waren, um den Tisch abzuräumen.

Cecilia ergriff Johns Hand und zog ihn aus dem Zimmer. »Wo können wir hingehen? Kennst du einen Schrank in der Nähe?«

»Ich nicht«, sagte John grinsend. »Aber wir sollten vielleicht in den Frühstücksraum gehen. Wir haben gerade wichtige Siege errungen. Wir sollten unser Glück nicht herausfordern.«

»Warte einen Moment.« Cecilia ließ seine Hand los, und er drehte sich zu ihr um.

Er bemerkte die Falte in ihrer Stirn. »Stimmt etwas nicht? Ich dachte, du würdest dich über die Wendung der Ereignisse freuen.«

»Ich freue mich definitiv. Es ist nur ... Warum hast du

mich gestern Abend verlassen, obwohl ich gesagt habe, dass du das nicht musst?«

Er erstarrte einen Moment, während er seine Gedanken sammelte. »Ich wollte nicht, dass du dich gefangen fühlst. Schon wieder.«

Sie blinzelte. »Ich fühle mich nicht gefangen. Du etwa?«

»Ganz und gar nicht. Aber ich glaube, keiner von uns beiden kann leugnen, dass es uns in diesen ersten Momenten in der Holzfällerhütte so ergangen war. Oder irre ich mich?«

»Nein.« Ein Lächeln umspielte ihre Lippen.

»Meine Liebste, ich würde dich tausendmal erwählen.« Er schüttelte den Kopf. »Immer. Ich würde mich *immer* für dich entscheiden.«

»Als ich dir sagte, du solltest dich nicht zurückziehen, hatte ich das ernst gemeint – es war meine Entscheidung. Es sei denn … es ist dir lieber, nicht sofort Kinder zu haben?«

Daran hatte er törichterweise gar nicht gedacht. Denn er war viel zu sehr mit der Veränderung beschäftigt gewesen, die sein Leben genommen hatte. »Das weiß ich nicht. Ich weiß nur, dass ich Zeit mit dir verbringen möchte. Also würde ich eventuell lieber warten.« Wenn das überhaupt möglich wäre. Wie er wusste, war seine Verhütungsmaßnahme gegen die Empfängnis eines Kindes bestenfalls ein schlampiger Versuch.

»Das hätten wir besser besprechen sollen, anstatt uns auf unseren Verstand zu vertrauen, während wir einem Rausch der Leidenschaft erlegen waren.«

John lachte wieder. »Das ist ein gutes Argument.« Er ernüchterte und blickte ihr in die Augen. »Ich entschuldige mich bei dir dafür, dir nicht zugehört zu haben. Deine Wünsche und deine *Entscheidungen* bedeuten mir sehr viel. Bitte bestätige mir, dass du Weihnachten in Ironbridge verbringen möchtest und ich dich nicht in eine unangenehme Situation gebracht habe, in der du meintest, ja sagen zu müssen.«

»Keine Sorge, mein Liebster, ich wünsche mir nichts anderes, als dieses Weihnachten, wie auch jedes weitere, mit dir zu verbringen, wo immer das auch sein mag.«

Er schloss sie in seine Arme und küsste sie innig. Mit großem Widerwillen zog er sich zurück. »Wir müssen in den Frühstücksraum zurück. Ich bin sehr gespannt darauf, wann du zu Weihnachten nach Ironbridge reisen kannst.«

Sie hakte sich bei ihm unter. »So schnell wie möglich.«

EPILOG

Gegen Ende des Hochzeitsfrühstücks rückte John dichter zu seiner Frau herüber. »Wann, glaubst du, werden alle abreisen? Ich möchte unbedingt aufbrechen.« Sie würden nach Blickton reisen, dem Stammsitz der Earls of Cosford. Jetzt wäre es ihr Zuhause.

»Damit du in der Kutsche über mich herfallen kannst?«, fragte Cecilia lachend.

Er wackelte mit einer Augenbraue. »Diesmal werden wir nicht von einer Anstandsdame begleitet.« Sie waren zusammen mit seinen Eltern angereist, da Cecilia über die Weihnachtstage Ironbridge besucht hatte.

»Und ich hatte mich schon auf ein anständiges Bett gefreut. Ich dachte, wir würden uns endlich nicht mehr hinter feuchten Hecken und in engen Nischen treffen. Oder in schaukelnden Kutschen.«

»Vergiss die Schränke nicht. Und den Kuhstall.« John hatte ihr Stelldichein im Stall vergangene Woche ganz besonders genossen.

»Deine Impulsivität ist einfach grenzenlos.«

Wieder lachte er. »Das wusstest du bereits vor Jahren

über mich. Und ich lege ein gewisses Maß an Zurückhaltung an den Tag, denn sonst hätte ich dich schon vor einer Stunde von hier entführt.«

»Die Leute machen sich bereits aufbruchbereit«, bemerkte Cecilia. »Es kann nicht mehr lange dauern.«

»Ich verspreche, meine Hände bei mir zu behalten, bis wir im Gasthaus ankommen.« Ihre Reise nach Blickton würde zwei Tage dauern.

Sie schenkte ihm ein keckes Lächeln. »Ich denke, wir können zumindest unsere Vorfreude ein wenig anfachen.«

John stöhnte, als das Verlangen in ihm aufstieg. »Du wirst mich foltern, Frau.«

»Für den Rest deines Lebens.« Sie glättete ihre Züge. »Außerdem möchte ich in der Kutsche kein unschöne Bescherung anrichten.« Damit bezog sie sich auf die Tatsache, dass John stets vor ihr fertig wurde, um der Zeugung eines Babys vorzubeugen. Sie hatten beschlossen, lieber zu warten – und zwar mindestens ein Jahr –, um den Auftakt in ihr gemeinsamen Lebens voll auszukosten.

John nickte zustimmend. »Das ist vermutlich eine weise Entscheidung.«

Ihre Freunde, Spetch und seine Frau Dinah, setzten sich zu ihnen.

»Es wird Zeit, dass wir uns auf den Weg machen«, meinte Spetch. »Morgen muss ich wieder in London sein.«

Cecilia lächelte Dinah und ihn an. »Wir wissen zu schätzen, dass ihr unseren Hochzeitstag mit uns verbringt.«

»Das hätten wir nie verpasst«, bekräftigte Dinah. »Noch immer bin ich ganz erstaunt, dass ihr verheiratet seid, und obendrein verliebt.«

»Darauf hätte ich nie gewettet«, entgegnete Cecilia lachend.

»Habt ihr in Blickton irgendwelche Veranstaltungen

geplant?«, fragte Spetch. »Es ist ein wundervolles Anwesen. Ich würde es Dinah gern einmal zeigen.«

Cecilia nickte. »Das werden wir ganz bestimmt. Ihr solltet eine Hausparty für den Herbst einplanen. Ich liebe gute Hauspartys und freue mich sehr darauf, unsere eigene auszurichten.«

»Wir werden sehen, wie wir mit den besprochenen Renovierungsarbeiten vorankommen«, wiegelte John ab. Sie hatten Pläne für die Umgestaltung mehrerer Zimmer geschmiedet, und dann wollte er auch noch die Orangerie vergrößern.

»Ach, das wird schon gehen.« Cecilia winkte lässig mit der Hand ab.

»Warum veranstaltet ihr die Party nicht im Sommer?«, schlug Spetch vor. »Dann könnten wir mit den Booten auf den See hinausfahren.«

Cecilia warf ihm einen Blick zu. »Wenn du glaubst, ich würde eine Hausparty mit Booten veranstalten, hast du ein sehr kurzes Gedächtnis.«

Spetch lachte, und John schloss sich ihm an.

»Im Grunde ist der See im Sommer nicht tief genug für die Boote«, meinte John. »Wir könnten im Herbst rausfahren, aber wenn jemand hineinfällt, wird es wohl recht kalt sein.«

Dinah schüttelte den Kopf. »Nein, danke. Da ich weiß, dass dieses Risiko durchaus besteht, lasse ich es lieber bleiben.«

»Na gut«, lenkte Spetch ein.

Ihre Freunde verabschiedeten sich, und bald war für John und Cecilia der Zeitpunkt ihrer Abreise gekommen. Ihre Mutter umarmte sie fest. »Ich bin so froh, dass du glücklich bist«, sagte sie zu ihrer Tochter.

»Das bin ich wirklich, Mama. Mehr als ich mir je erträumt habe.« Als Nächstes umarmte Cecilia ihren Vater.

Der Baron trat mit einem rauen Hüsteln zurück. »Auch ich bin zufrieden. Dein Glück ist alles, was mir je wichtig war.«

«Ich danke dir, Papa. Ihr beiden, Mama und du, habt einen wunderbaren Ehemann für mich ausgesucht.« Sie warf John einen liebevollen Blick zu, der das Gefühl bekam, dass sein Herz zerspringen könnte.

Auch Johns Eltern waren aufbruchbereit und verabschiedeten sich von Lord und Lady Winchcombe. Sie reisten zwar in die gleiche Richtung wie John und Cecilia, doch sie würden nicht in der gleichen Kutsche fahren. Trotzdem sie die heutige Nacht in derselben Stadt verbringen würden, hatte Johns Vater dafür gesorgt, dass sie in einem anderen Gasthaus untergebracht wurden als John und Cecilia. Er hatte darauf beharrt, der Braut und dem Bräutigam ihre Privatsphäre zuzugestehen. Noch nie hatte John seinen Vater mehr zu schätzen gewusst.

John umarmte ihn besonders innig, ehe sie sich trennten, um in ihre jeweiligen Kutschen zu steigen. »Danke für deine Unterstützung während dieser ganzen Verlobungszeit.«

»Die sollst du immer haben. Ich könnte mich nicht mehr freuen, Cecilia in unserer Familie willkommen zu heißen. Sie ist bereits eine ausgezeichnete Countess. Ich freue mich auf alles, was noch kommen wird.« Heiterkeit funkelte in den Augen des Herzogs. »Deine Mutter hätte gern ein Enkelkind.«

Kichernd öffnete John die Tür der Kutsche seines Vaters. »Ja, wir werden sehen, was sich machen lässt.«

Seine Mutter war bereits eingestiegen, und John drückte ihr schnell die Hand. Dann kehrte er eiligst zu Cecilia zurück.

»Bereit?«, fragte er.

Sie kuschelte sich an ihn und zog eine Decke über ihren Schoß. »Mehr als das.«

~

*A*ls er im Gasthaus ankam, hatte John seine Braut tatsächlich zunächst in ihre Suite geführt. Er hatte zwar alle ihre Begegnungen im letzten Monat genossen, doch es hatte etwas Entzückendes, das Bett mit seiner Frau zu teilen.

»Hat sich das Warten gelohnt?«, fragte er, als sie sich an ihn schmiegte.

Cecilia schnaubte. »Wir haben kaum gewartet. Soll ich mal nachzählen, wie oft wir seit der Hausparty zusammen gewesen sind?«

»Ich meinte die Kutschfahrt«, entgegnete John lachend.

»O ja, ganz bestimmt. Aber es ist das Bett, das ich am meisten zu schätzen weiß. Dieser Aspekt ist mehr als willkommen.«

»Hmm, deine Feststellung ist wie immer brillant. Kaum zu glauben, dass wir seit dem Schneesturm nicht mehr zusammen in einem Bett gelegen haben.«

»An jenem Tag war ich so aufgeregt. Es waren nicht nur meine Pläne, die krachend gescheitert waren, sondern ich war auch noch in die Hände der Nervensäge geraten.«

»Und ich hatte mir eine Zimtziege aufgeladen – nicht nur für einen Abend, sondern ein ganzes Leben.«

Cecilia rollte sich auf ihn und setzte sich mit gespreizten Beinen auf seine Hüften. »So aufgeladen, meinst du?«

Johns Blick wanderte zu ihren herrlichen Brüsten. »Daran war in jenem Moment nicht einmal im Entferntesten zu denken«, brachte er mit Mühe hervor. Wieder wurde er hart, und dabei dachte er, dass sie bald zum Dinner gehen sollten. Das Essen konnte warten. Wie er feststellen musste, hatte er – wieder einmal – einen unglaublichen Heißhunger auf seine Frau.

»Und jetzt?«

John legte beide Hände an ihre Brüste und massierte sie. »Ich verzehre mich in Gedanken nach dir.«

Ihre Augen weiteten sich, als er an ihren Brustwarzen zupfte. »Siehst du mich immer noch als Zimtziege?«

»Ganz und gar nicht, obwohl ich nichts dagegen hätte, wenn du mich herumkommandieren würdest, insbesondere in einem Moment wie diesem.«

Sie lächelte schelmisch, während sie ihre Hüften fester auf ihn niederdrücke. »Dann erlaube mir, genau das zu tun.«

Von einer Welle der Liebe überkommen, musste John sich anstrengen, um Luft zu holen. »Ich bin der glücklichste aller Männer«, brachte er mit rauer Stimme hervor, und seine Kehle wurde ihm eng. »Ich liebe dich über alle Maßen.«

»Sehr gut, und jetzt will ich nicht, dass du weiterredest.« Sie kreiste mit ihren Hüften und griff zwischen sie, um seinen Schaft zu streicheln. »Stattdessen kannst du mir zeigen, wie sehr du mich liebst, und wenn du mich zu meinem Höhepunkt führst, werde ich meine Liebe zu dir bis zu den Dachbalken hinaufschreien.«

John grinste. »Wegen dir werden wir noch aus dem Gasthaus verwiesen.«

Daraufhin zog sie erstaunt eine Augenbraue in die Höhe.

Schließlich rief sie ihre Liebe doch heraus, und niemand sagte ein Wort.

EPILOG 2

Dezember 1787

Es dauerte tatsächlich kein Jahr, bis sie ein Kind bekamen. Wenn man richtig mitzählt, kam das Kind sogar in weniger als neun Monaten nach der Hochzeit.

Angelica Cecilia Rowley kam schreiend und mit rotem Gesicht zur Welt. Cecilia und John hätten nicht glücklicher sein können.

Nun war Angelica inzwischen zweieinhalb Monate alt und schrie immer noch ab und zu, doch im Allgemeinen lächelte und lachte sie und sie war der Sonnenschein ihrer Eltern.

»Deine Großmutter und dein Großvater kommen nachher«, rief Cecilia ihrer Tochter zu, als sie zusammen auf dem Boden lagen. Angelica lag auf dem Bauch und versuchte angestrengt, ihren Kopf zu heben. »John, ich glaube, sie versucht, sich umzudrehen.«

»Das Kindermädchen sagte, dass sie das wahrscheinlich

bald tun würde«, entgegnete er, während er in der Nähe auf dem Boden saß.

»Werde ich jemals müde werden, sie zu beobachten?« Es war keine Frage, die einer Antwort bedurfte, denn Cecilia kannte sie bereits und sie lautete nein. Niemals. Für den Rest ihrer Tage würde Cecilia auf ihre Tochter konzentriert bleiben.

»Es ist schwer vorstellbar, dass wir mit dem Kinderkriegen warten wollten«, sagte John lachend.

Cecilia sah zu ihm hinüber und klopfte Angelica auf den Rücken. »Ich glaube, es gab das eine oder andere Mal, als du um ein Haar zu spät dran gewesen warst, um dich noch aus mir zu entfernen.«

»Vielleicht. Aber ich habe dir doch gesagt, dass diese Methode nicht ganz zuverlässig ist.«

»Freilich ist sie das nicht.« Als Cecilia von ihrer Schwangerschaft erfuhr, war ihre erste Reaktion Angst gewesen. Was, wenn sie keine gute Mutter war? Was, wenn sie die Geburt des Babys nicht überlebte? Schlimmer noch, was, wenn das Baby nicht überlebte?

Zum Glück war nichts davon passiert. Cecilia hoffte, eine gute Mutter zu sein. John nutzte jede Gelegenheit, ihr zu versichern, dass sie das war.

Angelica stöhnte, und ihr Gesicht lief rot an. Entweder entleerte sie ihren Darm oder sie war frustriert.

Cecilia richtete sich auf und setzte sich auf den Boden. »Alles in Ordnung, mein Liebling?«, fragte sie, während sie Angelica in die Arme nahm und das Kind auf ihre Beine setzte.

»Ich kenne dieses Gesicht. Zeit, nach dem Kindermädchen zu klingeln.«

»John Rowley, das wirst du nicht. Das Kindermädchen macht gerade Pause, und ich bin durchaus in der Lage, Lady Angelicas Windel zu wechseln.« Cecilia wusste, dass er nur scherzte. Dennoch fügte sie hinzu: »Und du wirst helfen.«

Er nickte feierlich. »Jederzeit. Ich bin genauso in unsere Tochter vernarrt wie du, auch wenn sie in die Windel gemacht hat.«

Angelica hatte sich beruhigt, als sie auf Cecilias Schoß ankam. Cecilia lehnte sich vor und schnupperte. »Ich glaube, sie war einfach frustriert, weil sie bäuchlings auf dem Boden lag.«

John rückte näher an sie heran und streichelte Angelicas strähniges blondes Haar. »Weißt du, was heute ist?«, fragte er Cecilia.

»Der erste Jahrestag des Tages, an dem ich dafür sorgen wollte, dass du dich bei der Suche nach dem Julescheit verirrst.«

»Es ist auch der erste Jahrestag des Tages – und der Nacht –, an dem wir beide allein auf uns gestellt Schutz suchen mussten.«

»Der erste Jahrestag des Tages, an dem ich aufgehört habe, dich als Nervensäge zu betrachten.«

»Der erste Jahrestag des Tages, an dem ich erkannte, dass du nie eine Zimtziege warst.« Johns Lippen trafen auf ihre, und der daraus resultierende Kuss, brachte Cecilia zum Schmelzen.

»Zu schade, dass ich ein Baby auf dem Schoß halte«, murmelte sie, während er an ihrem Hals leckte. »Das Kindermädchen wird bald zurück sein.«

»Nicht *so* bald«, raunte er an ihrem Hals.

»John, wenn du deine Hände und andere Körperteile nicht für dich behalten kannst, wird es bald noch ein Baby geben.«

Er küsste sich bis zu ihrem Ohr und flüsterte: »Würde es dir etwas ausmachen?«

Cecilia erschauderte. »Nein. Verflixt, du lässt meine

Brüste kribbeln und meine Milch fängt an herauszulaufen.«
Sie blickte zu Angelica hinunter, um sich zu vergewissern, ob
sie etwas bemerkt hatte. Der Kopf des Mädchens neigte sich
zu Cecilias Brust vor. Sie war sich dessen durchaus bewusst.

»Nun, jetzt muss ich deine Tochter füttern«, stellte
Cecilia fest. »Nimm sie, damit ich aufstehen kann.«

John nahm ihre Tochter auf den Arm und drückte sie mit
einer Hand an sich, während er mit der anderen Cecilia beim
Aufstehehen half. Bevor er Angelica wieder an Cecilia über-
geben konnte, ertönte ein unzweifelhaftes Geräusch von
Angelica, die in ihre Windel machte. Angelica grunzte noch
einmal, dann lächelte sie.

Cecilia lachte. »Ja, du kannst sehr stolz auf dich sein,
mein liebes Mädchen.«

»Komm, meine brillante Tochter«, lockte John. »Lass uns
in das Kinderzimmer gehen und sehen, ob du ein Bad
brauchst.«

Er ging auf die Tür des Salons zu, und Cecilia folgte ihm.
»Ich kann sie nehmen, wenn du willst«, bot sie an.

»Ich werde Angelicas Windel wechseln, und du kannst
mich nicht aufhalten.«

Cecilias Herz schlug höher. Dieser Mann hatte alle ihre
Erwartungen und Träume übertroffen. Er war freundlich,
hilfsbereit, hingebungsvoll und er besaß eine verrucht
leidenschaftliche Natur, durch die das Zusammensein mit
ihm einfach schön war.

Sie folgte ihm ins Kinderzimmer, das derzeit an ihr
Schlafzimmer grenzte, damit Cecilia beim Füttern in Angelicas Nähe sein konnte. Dann sah sie zu, wie er Angelica die
Kleidung abnahm und sie mit einer Sorgfalt und Gründlich-
keit säuberte, die jeden schockiert hätte – außer Cecilia. Sie
wusste, was für einen wundervollen Mann sie da geheiratet
hatte.

»Wenn du die anderen Männer deines Standes von dieser

Behandlung ihrer Nachkommen überzeugen könntest, wärst du der beliebteste Mann Englands.«

Er schnaubte. »Nicht unter diesen Männern. Sie würden mich hassen.«

»Nicht, wenn du sie dazu bringen kannst, dass sie bereit sind, freiwillig zu helfen.« Cecilia hegte keinen Zweifel, dass er es schaffen könnte. Der Mann war der geborene Redner, und sie wusste, was für eine hervorragende Ergänzung er für das Unterhaus sein würde, wenn sich ihm die nächste Gelegenheit zu einer Kandidatur bot.

»Ich arbeite an Spetch.«

»Das hat mir Dinah in ihrem letzten Brief geschrieben.« Im Sommer hatten sie einen Sohn bekommen.

John nahm Angelica in den Arm, während er sich Cecilia zuwandte. »Alles sauber und bereit für ihre Mahlzeit, Mylady.«

»Ich danke Euch, Mylord.« Cecilia setzte sich in ihren Lieblingssessel neben dem Kamin und öffnete ihr rundes Kleid, um ihre hungrige Tochter zu füttern. Kurze Zeit später war Angelica eingeschlafen. John kam, um sie noch einmal zu holen und legte sie in ihre Wiege.

Cecilia hatte ihr Kleid wieder geschlossen, und nun zog John sie sanft auf die Beine. »Brauchst du auch ein Nickerchen?«, fragte er.

»Ich glaube, ich würde mich am liebsten in unserem Bett ausruhen.« Sie warf ihm einen anzüglichen Blick zu.

»Was ist mit dem Kindermädchen? Wird sie bald zurück sein?«

»Erst in einer halben Stunde in etwa. Aber sie braucht nicht hier zu sein. Wir lassen die Tür einen Spalt auf, damit wir Angelica hören können, wenn sie uns braucht.«

Er blickte sie mit unverhohlener Bewunderung an. »Du bist so selbstbewusst, als wärst du für die Mutterrolle bestimmt.«

»Ich bin mir nicht sicher, ob ich immer selbstbewusst bin, aber ich liebe es, Mutter zu sein. Wie ich es auch liebe, deine Frau zu sein. Und jetzt beeil dich, damit ich dir diese Bewunderung zeigen kann.« Sie ging an ihm vorbei in ihr Schlafzimmer.

»Ich liebe es, wenn du Befehle erteilst.« Er stellte sich hinter sie und schlang seine Arme um ihre Mitte.

Einladend bog sie ihren Hals und sofort drückte er seine Lippen auf ihre Haut. »Und ich liebe es, wenn du gehorchst.«

Sie wollen mehr lesen? Großartig, denn eine weitere Szene erwartet Sie BALD!

EPILOG 3

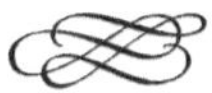

Januar 1802

Am späten Vormittag des fünfzehnten Hochzeitstages von John und Cecilia saß John in seinem Arbeitszimmer und las seine Korrespondenz. Das Geräusch trippelnder Füße und Rufe drang aus dem Treppenhaus, und er fragte sich, was seine Kinder wohl für einen Unfug trieben. Sie waren zu fünft, von Angelica, die vierzehn war, bis zu Cecily mit ihren sechs Jahren. Dazwischen lagen Brom, der zwölfjährige Erbe, Felix, der zehnjährige zweite Sohn, und die achtjährige Susan, die nach Cecilias lieber Großtante benannt worden war, die leider vor drei Jahren gestorben war.

Cecilia stürzte plötzlich ins Arbeitszimmer und schloss die Tür. Sie legte den Finger an ihre Lippen. Ihre Augen tanzten vor Heiterkeit.

»Spielst du wieder Verstecken?« fragte John. »Müsst ihr euch nicht die ganze Zeit an der gleichen Stelle verstecken?«

»Ich habe in der Bibliothek unter einem Tisch gehockt, und meine Beine taten mir weh. Und dann habe ich angefangen, mich zu langweilen. Jetzt kannst du mich unterhalten.«

John lachte, und sofort machte sie ihm ein Zeichen mit der Hand, um ihn zum Schweigen zu bringen. »Leise!«

Er erhob sich hinter seinem Schreibtisch und ging zu auf die Stelle zu, an der sie hinter der Tür stand. »Ist das dein Versteck?«, flüsterte er und zog sie an seine Brust.

»Ich wollte mich nur hinter der Tür verstecken, falls sie reinkommen.«

»Falls? Du glaubst doch nicht, dass sie hier nachschauen?«

»Sie werden dich nicht stören wollen, da die Tür geschlossen ist.«

»Du hast es also so eingerichtet, dass sie dich unmöglich finden können. Das scheint kaum gerecht zu sein.« Er schmiegte sich an ihren Hals und sog ihren Duft ein. Nie würde er ihres Geruchs müde werden, oder wie sie sich in seinen Armen anfühlte.

»Verflixt, das war nicht meine Absicht. Würdest du dann bitte die Tür aufmachen?«

John küsste die Stelle unter ihrem Ohr. »Ich bin geneigt, sie geschlossen zu lassen. Du weißt, was heute ist, nicht wahr?«

»Natürlich weiß ich das. Ich weiß, dass du mich heute Nachmittag an einen geheimnisvollen Ort führst.« Sie blickte in Richtung seines Schreibtisches. »Es sei denn, du bist zu beschäftigt?«

»Ich bin nie zu beschäftigt, um Zeit mit meiner Braut zu verbringen, besonders nicht an unserem Hochzeitstag. John saß nun schon seit zwölf Jahren im Unterhaus, aber seine Familie hatte immer Vorrang für ihn.

»Willst du die Tür nicht aufmachen?«, fragte sie.

Widerstrebend wich John von ihrer Seite und öffnete die

Tür zur Hälfte. Sofort wurden sie von ihrer Brut belagert. Außer Angelica. Wahrscheinlich war sie bei ihrer Französischlehrerin.

»Ich habe dich gefunden!«, rief Brom, die Kurzform von Bromwell, wie sie ihn nach Cecilias Familie benannt hatten. Johns Herz zog sich zusammen, denn Brom würde in diesem Jahr nach Eton gehen, und im Haus würde es damit unendlich viel stiller werden.

Die Kinder stürzten sich auf Cecilia, die vor Freude lachte. »Na endlich«, meinte sie. »Ich musste von meinem ursprünglichen Platz weg, weil ich mich gelangweilt habe.«

»Du bist die beste Versteckspielerin, Mama«, schwärmte Cecily und klammerte sich an Cecilias Rockzipfel.

»Kommt, wir alle haben uns eine Belohnung verdient. Mal sehen, was die Köchin für uns hat.« Cecilia geleitete die Kinder zur Tür. Mit einem erwartungsvollen Lächeln blickte sie über ihre Schulter zu John zurück. »Wir sehen uns später.«

John konnte es kaum erwarten.

~

Cecilia kuschelte sich an John, als sie den Weg entlang schlenderten, der das Anwesen umgab. »Warum haben wir nicht die Kutsche genommen? Oder zumindest die Pferde?«

»Weil ich weder einen Kutscher noch Pferde wollte. Es ist unser Hochzeitstag, und ich wollte etwas Zeit ganz allein mit meiner Frau verbringen.« Er blickte auf sie herab. »Das ist nicht immer leicht zu bewerkstelligen.«

»Stimmt.« Mit ihren fünf Kindern, Cecilias Aufgaben bei der Haushaltsführung und Johns Verpflichtungen im Parlament hatten sie ein sehr arbeitsreiches Leben. »Aber mir ist kalt.«

»Nicht mehr lange«, versprach er.

Cecilia hatte keine Ahnung, was er sich ausgedacht hatte, aber sie war gespannt darauf, es herauszufinden. »Ich habe eine Idee für die Hausparty im Herbst«, meinte sie, um sich auf etwas anderes zu konzentrieren, als die Kälte zu spüren.

»Etwas Neues?«

Seit dem Jahr, in dem Angelica zur Welt gekommen war, hatten sie jeden Herbst eine Hausparty veranstaltet. Außer in dem Jahr, in dem Felix geboren wurde, denn auch er war im September gekommen. Die anderen Kinder waren im Frühjahr geboren.

»Du weißt, dass meine Familie dafür bekannt ist, Ehen zu stiften?«

»Ja.«

»Nun, ich werde wohl ebenfalls eine Ehe stiften müssen.« Und Cecilias Mutter erinnerte sie oft daran.

»Das wirst du, sobald Angelica volljährig ist, da bin ich mir sicher.«

»Das hoffe ich. Aber ich würde gerne versuchen, auf der Hausparty eine Verbindung herzustellen. Ich suche einen geeigneten Junggesellen oder eine heiratswillige junge Lady, die vielleicht nicht an der Saison teilnehmen möchten.«

»Gibt es solche jungen Ladys?«

Cecilia wusste, dass er das als Scherz gemeint hatte. »Gewiss. London kann ziemlich einschüchternd sein. Wenn ich einer jungen Lady helfen kann, die den Trubel lieber vermeiden möchte, würde ich ihr damit nicht einen Gefallen tun?«

»Das würdest du in der Tat. Aber du bist ja auch eine herzensgute Seele, meine Liebste. Ah, hier sind wir.« John führte sie vom Weg ab in ein Wäldchen.

»O nein, du führst mich in den Wald, damit ich mich verlaufe, nicht wahr? Planst du deine Rache seit fünfzehn Jahren?«

John lachte. »Wohl kaum. Obwohl ich dies hier schon eine Weile geplant habe.« Sie traten aus den Bäumen, und ein kleines Häuschen kam in Sicht. Rauchschwaden stiegen aus dem Schornstein auf.

Cecilia schnappte nach Luft. »Es sieht genauso aus wie unsere Hütte! Ich meine, das Holzfällerhäuschen in Broadheath.«

»Es ist eine exakte Nachbildung«, bestätigte John. »Allerdings ist das Innere leicht verändert.«

Sie stürzte nach vorne und stieß die Tür auf. »*Ein bisschen?*«

Der Raum war zwar immer noch klein, doch es gab ein größeres Bett vor dem Kamin sowie einen Tisch mit zwei Stühlen. Es gab auch eine Kommode und ein Waschbecken. Und einen Kleiderschrank. Neugierig ging sie zu Letzterem und öffnete die Türen. Darin befanden sich Nachthemden und Decken sowie zusätzliche Schuhe und Umhänge. »Ist das für den Fall, dass wir hier festsitzen?«, fragte sie.

John lächelte, und ein Leuchten trat in seine Augen. »Wenn wir so viel Glück haben.«

»Ich bin schon die Glücklichste«, flüsterte Cecilia, als sie sich in seine Arme schmiegte. Er küsste sie, und es war wie beim ersten Mal. Der gleiche Zauber überkam sie und versetzte sie zu jenem Tag vor über fünfzehn Jahren zurück, als ihr Leben sich verändert hatte.

Sie löste die Lippen von seinen und blickte ihm in die Augen. »Das ist vielleicht die am wenigsten impulsive Sache, die du je getan hast. Wie lange hast du gebraucht, um das zu planen und durchzuführen? Ich hatte ja keine Ahnung.«

»Vor über einem Jahr. Ich musste erst die richtige Stelle finden und die Hütte dann bauen lassen.«

»Du hast sie wunderschön dekoriert.« Sie löste sich aus seinen Armen und strich mit der Hand über die samtene

Decke auf dem Bett. »Es ist so gemütlich und üppig. Vielleicht will ich gar nicht mehr fort von hier.«

»Das mag meine Absicht gewesen sein.« Er schlenderte auf sie zu, und in seinem Blick glitzerte ein dunkles Versprechen.

Eine Bewegung am Fenster hinter ihm erregte ihre Aufmerksamkeit. Schneeflocken trudelten vorbei und landeten auf den Scheiben. »Es schneit!« Sie schritt an ihm vorbei und spähte nach draußen.

Er trat zu ihr an und lächelte. »Das war nicht mein Plan, aber ich hatte darauf gehofft.«

Cecilia wandte sich zu ihm. »Hoffentlich befinden sich in den Schränken ein paar Lebensmittel.«

»So ist es, aber um diesen Tag und dieses Leben zu überstehen, brauche ich nur dich.«

Sie schlang die Arme um seinen Hals. »Ich liebe dich, meine Nervensäge.«

Er ließ sein Kinn auf ihren Scheitel sinken. »Und ich liebe dich, Zimtziege.«

Erleben Sie Cecilia und John in Der verstockte Herzog (falls Sie es noch nicht getan haben), dem zweiten Buch der *Chroniken der Ehestiftung*! Cecilia veranstaltet eine Party, um den Herzog von Warrington zu verkuppeln, dessen mürrische Art ihm die Suche nach einer Herzogin verwehrt – nicht, dass er unbedingt auf eine erpicht war. Doch als ihm die scheinbar perfekte Braut vor die Nase gesetzt wird, fühlt er sich stattdessen zu ihrer Begleiterin hingezogen, einer frustrierend heiteren und lebensfrohen Witwe, die ihn veranlasst, die Wahl seiner Frau zu überdenken.

Lesen Sie weiter und werfen Sie einen Blick in das erste Kapitel von Der verstockte Herzog!

Ich danke Ihnen sehr, dass Sie **Unerwartetes Weihnachtsglück** gelesen haben. Ich hoffe, es hat Ihnen gefallen!

Möchten Sie erfahren, wann mein nächstes Buch verfügbar ist? Sie können sich für meinen Deutscher Newsletter anmelden, mir auf Amazon.de folgen und meine Facebook-Seite liken. Alle Newsletter-Abonnenten erhalten exklusive Bonus-Geschichten, die sonst nirgends erhältlich sind, unter anderem auch die einleitende Vorgeschichte zur Buchreihe *Der Phönix Club*.

Rezensionen helfen anderen, Bücher zu finden, die für sie geeignet sind. Ich schätze alle Bewertungen, ob positiv oder negativ. Ich hoffe, dass Sie erwägen werden, eine Bewertung bei Ihrem bevorzugten der Seite Ihres bevorzugten Internet-Netzwerkes abzugeben.

Ich mag meine Leser so sehr. Danke!

Sind Sie an weiterer Regency-Romantik interessiert? Schauen Sie sich meine anderen historischen Serien an:

Die Unberührbaren
Geraten Sie ins Schwärmen über zwölf der begehrtesten und schwer fassbaren Junggesellen der feinen Gesellschaft und die Blaustrümpfe, Mauerblümchen und Außenseiterinnen, die sie in die Knie zwingen!

Die Unberührbaren: Die Prätendenten
In der faszinierenden Welt der Unberührbaren spielend,

handelt die Saga von einem Geschwistertrio, die sich darin auszeichnen, sich als jemand auszugeben, der sie nicht sind. Werden ein unerschrockene Bow Street Ermittler, ein niedergeschmetterter Viscount und eine desillusionierte Dame der feinen Gesellschaft es schaffen, ihre Geheimnisse zu lüften?

Der Phönix Club

Die exklusivste Einladung der feinen Gesellschaft ...

Willkommen im Phönix Club, in dem Londons waghalsigste, anrüchigste und intriganteste Ladys und Gentlemen Skandale, Erlösung und eine zweite Chance finden.

Ruchlose Geheimnisse und Skandale

Sechs unglaubliche Geschichten, die sich in den glamourösen Ballsälen Londons und den herrlichen Landschaften Englands abspielen. Das erste Buch, **Ihr ruchloses Temperament** erscheint in Kürze!

Die Liebe ist überall

Herzerwärmende Nacherzählungen klassischer Weihnachtsgeschichten im Regency-Stil, die in einem gemütlichen Dorf spielen und von drei Geschwistern und dem besten Geschenk von allen handeln: der Liebe.

Der Club der verruchten Herzöge

Sechs Bücher, geschrieben von meiner besten Freundin, der New York Times Bestseller-Autorin Erica Ridley, und mir. Lernen Sie die unvergesslichen Männer von Londons berüchtigtster Taverne, dem Verruchten Herzog, kennen. Verführerisch attraktiv, mit Charme und Witz im Überfluss, wird eine Nacht mit diesen Wüstlingen und Filous nie genug sein ...

Lords und die Liebe

Für alle, die nach einem Ehemann oder einer Ehefrau Ausschau halten, gibt es keine bessere Zeit und keinen besseren Ort, als das jährliche Maifest im englischen Marrywell, um die wahre Liebe zu finden. Prinzen und arme Leute verlieben sich gleichermaßen, und manchmal auch in die Person, bei der sie dies am wenigsten erwarten ...

DER VERSTOCKTE HERZOG
KAPITEL EINS

September 1802

»Marina hat diesen Sommer große Fortschritte gemacht.«
Mrs. Juno lächelte ihre Brotherrin, Lady Wetherby, strahlend
an. »Ich wage zu sagen, dass sie in diesem Herbst eine kurze
Zeit in York wagen könnte.«

Mit einer tief gerunzelten Stirn und geschürzten Lippen
wirkte Lady Wetherby nicht überzeugt. Aber warum sollte
sie das auch? Ihre Tochter, Marina, war ein gesellschaftliches
Desaster. *War.* Es war Junos Aufgabe, dies zu berichtigen,
und sie hatte einige Fortschritte bewirkt. Allerdings war es
vielleicht ein wenig übertrieben, dies als »große Fortschritte« darzustellen.

»In welcher spezifischen Art und Weise hat sie sich
verbessert?«, fragte die Countess aus dem gegenüberste-
henden Sessel in ihrem privaten Wohnzimmer, in dem sie
beide sich einmal wöchentlich zusammensetzten, um über
Marina zu sprechen.

»In ihrem Tanz.« Weil sie jeden Tag eine Stunde lang
übten. »Ihre Souveränität in der Konversation.« Auch das

übten sie jeden Tag eine Stunde lang. Und Juno übersah auch eines nicht – sie wusste, dass sich Marinas Souveränität durch ihr Wirken verbessert hatte, doch es würden noch einige Verfeinerungen erforderlich sein, sobald sie nach London kämen. Oder York, was eine hervorragende Probe für London sein würde.

»Was ist mit dem Lächeln?«, fragte Lady Wetherby. »Ich habe sie nicht mehr lächeln sehen als gewöhnlich. Was wirklich kaum vorkam.« Sie schüttelte leicht mit dem Kopf.

»Auch das verbessert sich.« Auch hierin hatte Juno einen Erfolg mit Marina zu verbuchen, doch sie konnte nicht sicher sein, ob ihr Schützling bei anderen Leuten lächeln würde. Zumindest nicht am Anfang. Das war das Problem. Bis Marina jemanden besser kannte, fühlte sie sich in dessen Gegenwart vollkommen unbehaglich. Sie stellte keinen Augenkontakt her, sie zappelte herum und sie brachte kaum ein Wort hervor. Juno konnte sich gut vorstellen, wieso kein Gentleman ein zweites Mal mit ihr tanzte – nicht nur bei einem einzigen Ball, sondern während der *gesamten* Saison.

»Das kann ich nicht erkennen, aber andererseits denke ich auch, dass es Marina Spaß macht, sich mir gegenüber auf eine besonders mürrische Weise zu geben.« Lady Wetherby schürzte die Lippen sogar noch mehr. Juno fragte sich, ob sie zusammenschrumpfen und ganz verschwinden würden.

»Ich glaube nicht, dass das stimmt, Mylady«, entgegnete Juno mit einem verbindlichen Lächeln. »Ich denke, mit Verlaub gesagt, dass Marina Ihnen gefallen möchte und weiß, dass ihr das nicht gelungen ist.«

Lady Wetherbys Nasenflügel flatterten. »Wollen Sie damit sagen, es sei meine Schuld, dass sie kalt und abweisend ist?«

»Überhaupt nicht.« Obwohl sie damit gar nicht so furchtbar danebenlag ... »Wenn Sie sie vielleicht mehr ermuntern würden, könnten Sie vielleicht mit einer

Demonstration ihrer Fortschritte belohnt werden.« Juno bot ihr breitestes Lächeln, was normalerweise auch das kälteste Naturell zum Auftauen brachte. Nicht dass Lady Wetherby kalt wäre. Nun, vielleicht war sie das, wenn es um ihr ältestes Kind ging. Juno hatte sie mit ihren jüngeren Kindern erlebt und weitaus entspannter empfunden.

»Das werde ich tun«, entgegnete Lady Wetherby, ehe sie einen weiteren genervten Seufzer ausstieß. »Ich bin sicher, dass Sie recht haben und meine Tochter Fortschritte macht. Das ist der Grund, aus dem wir Sie eingestellt haben, nachdem wir London frühzeitig verlassen hatten.«

Juno hatte ihren vorigen Vertrag früher als erwartet zu Ende geführt, als ihr ehemaliger Schützling sich einen Earl ergattert hatte. Die Familie war über Junos Anleitung überglücklich und Juno war begeistert gewesen, sich einige Zeit für sich selbst zu gönnen, wozu sie nach Bath reiste, wo sie zwei Wochen in den starken Armen eines charmanten Kapitäns verbrachte. Es hätte sich vielleicht auch länger hinziehen können, doch dann erhielt sie das Angebot von den Wetherbys, um sich ihrer Tochter anzunehmen, die nach einer desaströsen Saison eine Verbesserung dringend nötig hatte. Unfähig, der Herausforderung oder der Bezahlung zu widerstehen, hatte Juno ihren Kapitän verlassen und war in den Norden Yorkshires gereist.

»Ich fürchte, sie ist für ein Leben als Jungfer bestimmt«, meinte Lady Wetherby mit einem Stirnrunzeln und zog Juno damit wieder in die Gegenwart zurück.

»Ich bin sicher, dass wir das vermeiden können. Der richtige Ehemann für Marina ist irgendwo dort draußen. Wir müssen ihn nur finden. Ich denke ein kleiner Aufenthalt in York könnte genau das Richtige sein.« Juno wollte Marina die Gelegenheit verschaffen, ihre neu erworbenen Fähigkeiten in gesellschaftlichen Rahmen außerhalb der geschäftigen Saison auszuprobieren.

»Ich stimme zu«, meinte Lady Wetherby und faltete die Hände im Schoß. »Nicht über York, sondern darüber, dass der richtige Ehemann irgendwo dort draußen ist. In diesem Sinne sind wir nächsten Monat zu einer Hausparty eingeladen. Der Herzog von Warrington wird daran teilnehmen. Über ihn wird gemunkelt, dass er den Heiratsmarkt verabscheut, aber er braucht eine Frau. Es ist die perfekte Gelegenheit, eine Verbindung zwischen ihm und Marina anzubahnen.« Ihre blauen Augen leuchteten vor Vorfreude und Zuversicht. Als ob die Verlobung zwischen Marina und dem Herzog ein *Fait accompli* wäre.

Juno war sich des Herzogs nur vage bewusst. Er schien nicht von der geselligen Sorte, was leicht den Glauben erweckte, er würde sich nichts aus dem Heiratsmarkt machen. Jemanden wie ihn mit jemandem wie Marina zusammenzubringen wäre … eine Herausforderung.

Juno liebte Herausforderungen. Deshalb hatte sie nach dem Tod ihres Ehemannes auf diese Karriere gesetzt, jungen Ladys zu helfen, ihr natürliches Selbstbewusstsein und ihren Charme hervorzubringen. Der schneidige Bernard Langton hatte die naive junge Juno zu einer leidenschaftliche Liebesaffäre und Heirat verführt, was für ihre Eltern so schockierend gewesen war, dass sie sich von ihrer einzigen Tochter losgesagt hatten.

Nach weniger als einem Jahr starb Bernard und ließ sie ohne Familie oder finanzielle Mittel zurück. Sie nahm das Angebot an, Gesellschafterin einer älteren Dame zu werden. Als sie der Enkeltochter dieser Lady half, sich eine vorteilhafte Partie auf dem Heiratsmarkt zu sichern, war Junos Karriere als Begleiterin oder genauer gesagt als »Tutorin für den letzten Schliff« ins Leben gerufen.

»Soll ich Marina rufen, damit sie sich zu uns setzt?«, schlug Juno in der Hoffnung vor, dass ihr Schützling dazu fähig wäre die Aufgabe zu bewältigen, sich das Wohlwollen ihrer Mutter zu sichern. Das war leider kein geringes Unterfangen.

»Ich habe Dale gebeten, sie in einer Weile hereinzuschicken.« Lady Wetherby richtete den Blick zur Tür, die hinter Juno lag. »Hier ist sie.«

Juno drehte den Kopf um Marina vorsichtig in das Wohnzimmer kommen zu sehen. In ein schlichtes, blassblaues Kleid gekleidet, knetete Marina die Finger, während sie den Blick gesenkt hielt.

»Schau auf, Liebes«, meinte Lady Wetherby mit einer leichten Schärfe in ihrem Tonfall.

»Komm und setz dich zu uns, Marina.« Juno stand auf und ging zum Sofa hinüber, sodass Marina sich neben sie setzen konnte.

Kurz hob Marina den Blick, um Junos zu begegnen, ehe sie sich zum Sofa begab. Sobald sie Platz genommen hatte, begann sie, am Rock ihres Kleides zu zupfen.

»Hör damit auf.« Lady Wetherby blickte ihre Tochter stirnrunzelnd an.

In der Hoffnung, dass ihre Anwesenheit einen beruhigenden Einfluss ausüben würde, rückte Juno dichter an Marina heran. »Wir haben aufregende Neuigkeiten mitzuteilen.«

Marina lenkte den Blick auf sie, während die Finger stillhielten. Sie straffte sich und setzte sich so, wie Juno es ihr beigebracht hatte – die Schultern zurückgenommen, das Rückgrat steif, das Kinn erhoben und ein kleines Lächeln auf dem Gesicht. Stolz erfüllte Juno, und auch Freude, als sie erkannte, dass Marina den Mut gefunden hatte, in Gegenwart ihrer Mutter zu tun, was sie tun musste.

Überraschung spiegelte sich auf Lady Wetherbys Zügen und vielleicht auch ein bisschen Anerkennung. »Wir werden nächsten Monat an einer Hausparty teilnehmen. Der Herzog von Warrington wird dort anwesend sein und er ist auf der

Suche nach einer Ehefrau. Mein Liebling, du könntest dir einen Herzog schnappen, ohne eine Saison ertragen zu müssen.«

Juno verspürte einen Ausbruch von Zärtlichkeit bei der Wärme im Tonfall der Countess. Sie mochte vielleicht über ihre Tochter frustriet sein – und ganz sicher verstand sie sie nicht – aber sie wollte das Beste für sie, einschließlich der Chance, eine Saison zu vermeiden, von der sie wusste, dass Marina sie hassen würde.

Anstatt bei dieser Aussicht mit Erleichterung zu reagieren, sackte Marina in sich zusammen und ihr Gesicht wurde lang. »Muss ich das, Mutter?«

»Leider, ja.« Die Countess hatte sich versteift und ihr Gesichtsausdruck erstarrte in ihrer Enttäuschung. »Ich hoffe, du kannst die angemessene Begeisterung dafür aufbringen.«

Juno drehte sich zu ihrem Schützling um und berührte die junge Frau sanft am Arm. »Denk einfach, dass du eine Gelegenheit bekommen wirst, all das zu üben, woran wir gearbeitet haben. Eine Hausparty ist der perfekte Ort, um dein Selbstvertrauen zu gewinnen und deine Fähigkeiten zu verfeinern.«

»Ich habe kaum das eine noch das andere«, entgegnete Marina leise und warf ihrer Mutter einen beunruhigten Blick zu. »Aber ich habe vermutlich keine Wahl.«

»Das ist richtig«, antwortete Lady Wetherby fest. »Wir werden in zwei Wochen aufbrechen.« Ihr Ausdruck wurde wieder sanfter. »Dem Herzog ist ebenfalls nicht am Heiratsmarkt gelegen. Vielleicht findet ihr beide ja eine Übereinstimmung. Ich denke, dies könnte genau die Verbindung sein, auf die du gewartet hast.«

»Ich habe auf keine Verbindung gewartet«, murmelte Marina. »Darf ich jetzt gehen?«

»Ja.« Die Countess wirkte eher entmutigt, als ihre Tochter aufstand und aus dem Zimmer schlurfte.

Juno spannte sich an, als sie sich auf dem Sofa zurechtsetzte, um ihre Arbeitgeberin anzuschauen. »Sie wird für die Hausparty bereit sein. Sie muss sich nur an den Gedanken gewöhnen. Wir haben reichlich Zeit für die Vorbereitungen.«

»Ich hoffe, Sie haben recht, wenn man bedenkt, was ich Ihnen bezahle. Wenn Sie es tatsächlich zuwege bringen, dass diese Verlobung zustande kommt, werde ich Ihren Lohn um zwanzig Prozent erhöhen.« Lady Wetherby stand auf. »Enttäuschen Sie uns nicht, Mrs. Langton.«

Die Countess rauschte aus dem Zimmer und Juno verengte nachdenklich die Augen. Zwei Wochen, um nicht nur dafür zu sorgen, dass Marina für die Hausparty bereit war, sondern sie sich einen Herzog schnappen würde. Das würde die bislang größte Herausforderung für Juno werden.

Sie konnte es kaum abwarten, anzufangen und erhob sich schwungvoll vom Sofa.

Alexander Brett, Herzog von Warrington, schritt Punkt viertel vor sechs in den Salon. Seine Mutter, die erhaben auf dem dunkelroten Sofa saß, kam an den meisten Abenden vom Witwensitz herbei, um mit ihm zu dinieren.

Sie beobachtete ihn, als er ein Glas ihres Lieblingsmadeiras und einen Brandy für sich selbst einschenkte. »Wie war dein Tag?«

Nachdem er ihr den Wein gereicht hatte, ließ er sich in dem Sessel neben ihrem Sofa nieder. Die gleichen Getränke, das gleiche Sitzarrangement, die gleiche Frage, um ihre Unterhaltung zu beginnen. Er mochte das Gleiche.

»Produktiv.«

»Wie immer«, murmelte sie. »Ich kann mir nicht vorstellen, dass sich etwas Aufregendes ereignet hat?«

»Die Post war umfangreicher als gewöhnlich.« Er nippte an seinem Brandy.

»Irgendetwas Interessantes?«

»Nicht für mich, aber du könntest die Einladung zu einer Hausparty wahrscheinlich erwähnenswert finden.«

Seine Mutter, die Anfang fünfzig war und die abgesehen von einigen grauen Strähnen an ihren Schläfen noch immer dunkles Haar besaß, setzte sich ein bisschen aufrechter. »Was für eine Hausparty? Wann?« Ihre dunklen, fast schwarzen Augen blitzten vor Enthusiasmus.

»Es ist unwichtig. Ich werde nicht hingehen.«

Sie schürzte die Lippen, ehe sie sie sogleich wieder entspannte. Er konnte sehen, dass sie ihre Worte wählte, als würde sie sie wie Soldaten für die kommende Schlacht in Stellung bringen. »Aber das solltest du. Mir ist bewusst, dass dir an gesellschaftlichen Ereignissen nichts liegt, doch dies ist allerdings eine kleine Zusammenkunft und es ist nicht wie all die Veranstaltungen während einer Saison.«

Dare, das war der Name, mit dem er bereits sein ganzes Leben angesprochen wurde, war eine Abkürzung des Ehrentitels – Marquess of Daresbury – den er innegehabt hatte, ehe sein Vater vor drei Jahren verstorben war, sah seine Mutter aus schmalen Augen an. »Du steckst hinter dieser Einladung.«

»Was bringt dich auf diesen Gedanken?« Sie versuchte, unschuldig zu klingen, doch ihr Blick schoss zur Seite und ihre Stimme hob sich. Als er nichts entgegnete, sah sie wieder zu ihm zurück und stieß dabei die Luft aus. »Also schön. Ja.«

»Habe ich das so zu verstehen, dass du Lady Cosford überzeugt hast, eine Hausparty zu geben, damit ich daran teilnehmen kann?«

»Natürlich nicht. Ich habe im Laufe der letzten Monate lediglich einige gut platzierte Kommentare gegenüber Freunden geäußert.«

»Was für eine Art von Kommentaren?«

»Dass du auf der Suche nach einer Ehefrau bist.« Sie blickte ihn erwartungsvoll an. »Nun, das *bist* du.« Dann runzelte sie die Stirn und trank irritiert einen Schluck ihres Madeiras.

»Und das hat irgendwie zu einer Einladung zu einer Hausparty geführt, an der teilzunehmen ich nicht das geringste Interesse habe.« Tief aus seiner Kehle brachte er ein Geräusch hervor, ehe er einen weiteren Schluck Brandy trank.

»Knurre nicht. Es ist so abstoßend.«

»Ich knurre nicht.«

Seine Mutter zog ihre dichten, dunklen Augenbrauen in die Höhe, und dann schüttelte sie den Kopf, denn sie entschied offenbar, dass dies ein Kampf war, den sie nicht ausfechten wollte. »Du solltest die Einladung annehmen. Du brauchst eine Frau und ich denke, es könnte weitaus verlockender sein, eine auf einer kleinen Hausparty in Warwickshire zu finden, als es auf dem Heiratsmarkt in London im kommenden Frühling zu versuchen.«

Dare erschauderte. Er konnte sich nichts vorstellen, was er weniger gern tun würde. Seine Mutter hatte leider recht. Er brauchte eine Frau. Außerdem hatte er darüber lamentiert, wie er angesichts der Tatsache eine finden könnte, dass er gesellschaftliche Situationen, wie seine Mutter es ausgedrückt hatte, verabscheute.

Was, wenn bei dieser Hausparty niemand wäre, der für ihn für eine Heirat in Frage käme? Er nahm seine Mutter ins Visier und zollte ihr die Beachtung, die sie verdient hatte. »Wie ist der Name der jungen Lady?«

Sie blickte ihn überrascht an, als ob er nicht erraten

könnte, dass sie eine bestimmte Verbindung plante. Ein schwaches Rosa zeigte sich auf ihren Wangen, doch das Erröten war nur flüchtig. »Lady Marina Fellowes, die älteste Tochter des Earls of Wetherby. Ich bin sicher, dass du ihn kennst.«

Im House of Lords arbeiteten sie zusammen. Wetherby machte sich nichts aus nebensächlichem Geplänkel und kam immer gleich zum Kern der Sache. Dare hatte nicht einmal gewusst, dass er eine Tochter hatte. Oder überhaupt eine Familie. Vielleicht wäre seine Tochter nicht wie diese Plaudertaschen, die junge Ladys normalerweise waren.

»Wie ist sie denn?«, fragte er vorsichtig.

Die Vehemenz, mit der seine Mutter antwortete, ließ ihn beinahe bedauern, dass er auch nur das leiseste Interesse bekundet hatte. »Sehr hübsch und sehr geschickt in Handarbeiten.«

»Das sagt mir gar nichts. Ist sie ein Strohkopf oder nicht?«

»Das bezweifele ich.«

Das war keine vielversprechende Antwort. Vielleicht kannte seine Mutter sie nicht. »Hat sie je eine Saison gehabt?«

»Ja, nur die eine, die gerade vorbei ist.« Die Züge seiner Mutter hellten sich auf. »Dieser Teil wird dir gefallen. Sie ist frühzeitig aufs Land zurückgekehrt. Ich bin nicht sicher, ob London – oder der ganze gesellschaftliche Trubel – nach ihrem Geschmack ist.«

»Du hättest damit beginnen sollen.« Wenn Marina aus demselben Holz geschnitzt wäre wie ihr Vater – und warum sollte sie das nicht? –, könnte diese Hausparty tatsächlich ein gewisses Potential haben. »Ich werde die Party besuchen und Lady Marina kennenlernen.«

»Um herauszufinden, ob ihr miteinander harmoniert?«

Dare sah seine Mutter in ihrer offensichtlichen Freude an. »Ja.«

Sie lachte. »Immer gibst du dir solche Mühe, brüsk zu sein, selbst wenn dir eine Gelegenheit präsentiert wird, die dir beim Erreichen deiner Ziele helfen könnte, ohne genau das erdulden zu müssen, was du so unangenehm findest.«

Hassenswert wäre das bessere Wort. Nach einer Frau Ausschau zu halten, verursachte ihm einen Juckreiz.

Der Enthusiasmus seiner Mutter verblasste zum Teil. »Soll ich dich begleiten? Ich denke, ich sollte –«

»*Nein.*« Er ließ sie nicht ausreden. Wenn sie mitkäme, würde er durch ihre Bemühungen, ihn verlobt zu sehen, verrückt werden.

Sie starrte ihn an, aber nur für einen Augenblick. »So unwirsch«, murmelte sie. »Kannst du nicht wenigstens versuchen, ein bisschen charmant zu sein? Vielleicht ein bisschen lächeln?«

Lächeln war für unaufrichtige Leute. Wenn Dare lächelte, meinte er es auch. »Warum sollte ich vorgeben, jemand zu sein, der ich nicht bin? Meine zukünftige Frau sollte genau wissen, wen sie heiratet.«

Seine Mutter stieß die Luft aus. »Genau das ist es, was ich befürchte.« Sie hielt inne und sammelte ein weiteres Mal ihre Truppen, ehe sie in die Bresche sprang. »Wenn du nicht charmant sein kannst, wirst du … irgendetwas sein müssen. Du kannst nicht erwarten, Lady Marinas Hand zu gewinnen, wenn du sie nicht irgendwie beeindruckst.«

»Ich werde vermutlich mit ihr tanzen müssen.« Er verabscheute Tanzen.

»Ihr könntet einen Spaziergang unternehmen. Ich bin sicher, dass reichlich Aktivitäten angeboten werden. Vielleicht könnt ihr zusammen ausreiten?«

»Das wäre annehmbar.« Er würde eine Frau zu schätzen wissen, die gerne ritt. Er stellte sich vor, wie sie zusammen mit ihm über den Besitz ritt und mit den Pächtern sprach, um ihnen ihre Hilfe und Unterstützung anzubieten.

»Ich bin erleichtert, das zu hören.«

Er zuckte mit den Schultern. »Obwohl es wahrscheinlich schon reicht, ein Herzog zu sein, um die Hand des Mädchens – oder die irgendeiner anderen zu gewinnen.«

Seine Mutter starrte ihn an, um dann einen großen Schluck von ihrem Madeira zu nehmen, womit sie um ein Haar das ganze Glas ausgetrunken hätte. »Wenn du das glaubst, hast du eine Frau verdient, die dich nur wegen deines Titels will.«

Es schien, als würde der Sieg aus diesem Kampf heute Abend an seine Mutter gehen.

»Ich bin mehr als mein Titel«, entgegnete er leise und nicht ohne einen Anflug von Gereiztheit.

»Natürlich bist du das und ich hoffe, du wirst das erkennen. Ich hoffe auch für dich, dass du die Frau kennenlernst, die diese feste Hülle durchbrechen wird, die du so unbarmherzig verteidigst. Sie wird deinen Titel überhaupt nicht sehen und sie wird dich trotz deiner Bemühungen, sie auf Abstand zu halten, mögen.«

Dare blinzelte. »Das werde ich nicht tun.«

»Genau das wirst du tun, mein Liebling«, meinte sie mit einem liebevollen Blick, der sein verhärtetes Äußeres langsam zum Schmelzen brachte. Er hielt diese Mauer aufrecht und es gefiel ihm. Innerhalb seiner Festung waren die Dinge geordnet und vorhersehbar. Er verabscheute Unordnung und Emotionen und alles Überraschende. Die Frau für ihn müsste das verstehen und ihn in Ruhe lassen.

Vielleicht hatte seine Mutter recht – er würde seine Herzogin auf Abstand halten. War das so schlimm? »Du bist viel zu sentimental, Mutter.«

Der Butler trat ein und kündigte an, dass das Dinner serviert war. Dare trank seinen Brandy aus und Mutter tat das Gleiche mit ihrem Madeira. Nachdem sie ihre leeren Gläser auf einen Tisch gestellt hatten, damit der Butler sie abräumen konnte, half Dare der Witwe hoch und bot ihr seinen Arm.

Sie legte eine Hand auf seinen Ärmel und dann schritten sie wie jeden Abend in das Speisezimmer. Frieden legte sich über ihn. *Es war wie immer.*

»Ich liebe dich, mein Junge«, flüsterte sie ihm zu, ehe sie sich auf ihren Stuhl setzte.

Das war anders. Dare war überrascht, dass es ihm nichts ausmachte.

Holen Sie sich jetzt Ihre Ausgabe von ***Der verstockte Herzog***!

BÜCHER VON DARCY BURKE

Historische Romantik

Chroniken der Ehestiftung
Unerwartetes Weihnachtsglück

Der verstockte Herzog

Ein Earl als Junggeselle

Der ausgerissene Viscount

Die unechte Witwe

Die Unberührbaren
Ein Earl als Junggeselle (prequel)

Der verbotene Herzog

Der wagemutige Herzog

Der Herzog der Täuschung

Der Herzog der Begierde

Der trotzige Herzog

Der gefährliche Herzog

Der eisige Herzog

Der ruinierte Herzog

Der verlogene Herzog

Der betörende Herzog

Der Herzog der Küsse

Der Herzog der Zerstreuung

Der unverhoffte Herzog

Der charmante Marquess

Einmal Halunke, immer Halunke

Der Club der verruchten Herzöge

Eine Nacht zum Verführen by Erica Ridley

Eine Nacht der Hingabe by Darcy Burke

Eine Nacht aus Leidenschaft by Erica Ridley

Eine Nacht des Skandals by Darcy Burke

Eine Nacht zum Erinnern by Erica Ridley

Eine Nacht der Versuchung by Darcy Burke

Lords und die Liebe

Ein Herzog wird verzaubert by Darcy Burke

Des Wüstlings Zähmung by Erica Ridley

Erbin dringend gebraucht by Darcy Burke

Dem Earl zu trotzen by Erica Ridley

Die Heiratsvermittlerin und der Marquess by Darcy Burke

Die Jagd nach der Braut by Erica Ridley

Ein Herzog macht sich frei by Erica Ridley

ÜBER DIE AUTORIN

Darcy Burke ist die USA Today Bestsellerautorin für sexy,
emotionale, historische und zeitgenössische Romantik.
Darcy schrieb ihr erstes Buch im Alter von 11 Jahren – mit
einem Happy End – über einen männlichen Schwan, der von
der Magie abhängig war, und einen weiblichen Schwan, der
ihn liebte, mit nicht sehr gelungenen Illustrationen.
Schließen Sie sich ihr an newsletter!

Darcy, die in Oregon an der Westküste der Vereinigten
Staaten geboren wurde, lebt am Rande des Wine Country
mit ihrem auf der Gitarre spielenden Ehemann und ihren
beiden ausgelassenen Kindern, die das Schreiben geerbt zu
haben scheinen. Sie sind eine nach Katzen verrückte Familie
mit zwei bengalischen Katzen, einer kleinen, familienfreund-
lichen Katze, die nach einer Frucht benannt ist, und einer
älteren, geretteten Maine Coon, die der Meister der Kühle

und der fünf-Uhr-morgens-Serenade ist. In ihrer ›Freizeit‹
ist Darcy eine regelmäßige ehrenamtliche Mitarbeiterin, die
in einem 12-stufigen Programm eingeschrieben ist, in dem
man lernt, ›Nein‹ zu sagen, aber sie muss immer wieder von
vorne anfangen. Ihre Lieblingsplätze sind Disneyland und
das Labor Day Wochenende in The Gorge. Besuchen Sie
Darcy online unter https://www.darcyburke.de.

facebook.com/darcyburkefans

instagram.com/darcyburkeauthor

pinterest.com/darcyburkewrites

goodreads.com/darcyburke

IMPRESSUM

Deutsche Erstausgabe von:
Darcy E. Burke Publishing
Zealous Quill Press
13500 SW Pacific Hwy., Ste. 58-419
Tigard, OR, 97223
USA

Für die Originalausgabe:
Copyright © YULE BE MY DUKE, 2023 by Darcy Burke, All rights reserved.

Für die deutschsprachige Ausgabe:
Copyright © 2023 by Petra Gorschboth
Redaktion: Nicole Wszalek
Umschlaggestaltung: © Dar Albert, Wicked Smart Designs.

ISBN: 9781637261699

www.darcyburke.de

9 781637 261699